U0934685

空
EMPTY
城
CITY

离开的人离开了，活着的人要更好地活着才可以，
走出痛苦的岁月，
也不是那么的难。
EMPTY CITY
© SOL.Bianca Creation works

失去了心爱的人，这里就成了一座空城，
所有的美梦
都随之被带走了。
EMPTY CITY
© SOL Bianca Creation works

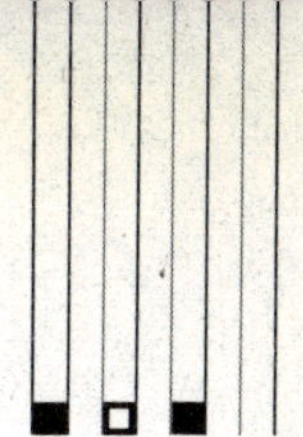

宅小花 著

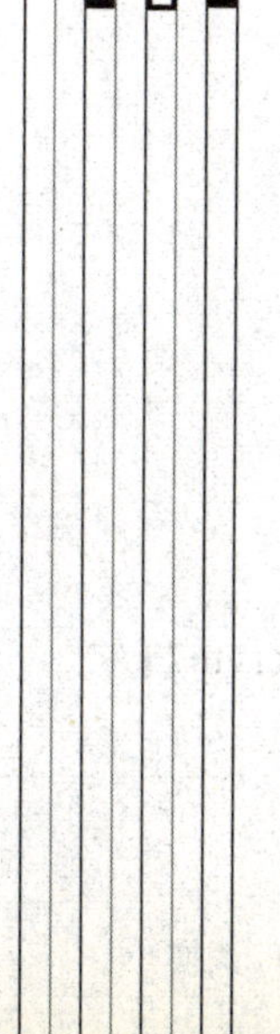

CNS 湖南文艺出版社

**图书在版编目（CIP）数据**

空城 / 宅小花著. -- 长沙 ：湖南文艺出版社，
2016.4

ISBN 978-7-5404-7509-3

Ⅰ. ①空… Ⅱ. ①宅… Ⅲ. ①长篇小说－中国－当代
Ⅳ. ①I247.5

中国版本图书馆CIP数据核字(2016)第054326号

空城
Kong Cheng

宅小花 著

出 版 人：刘清华

策　　划：谢不周

责任编辑：唐　明

湖南文艺出版社出版、发行

（长沙市雨花区东二环一段508号 邮编：410014）

网　　址：www.hnwy.net

湖南省新华书店经销

长沙鸿发印务实业有限公司印制

*

2016年4月第1版第1次印刷

开　本：660 mm × 960 mm　1/16　印　张：16　字　数：167千字

ISBN 978-7-5404-7509-3

定价：25.80元

邮购电话：0731-85983015

# 目录
CONTENT

# 目录
CONTENT

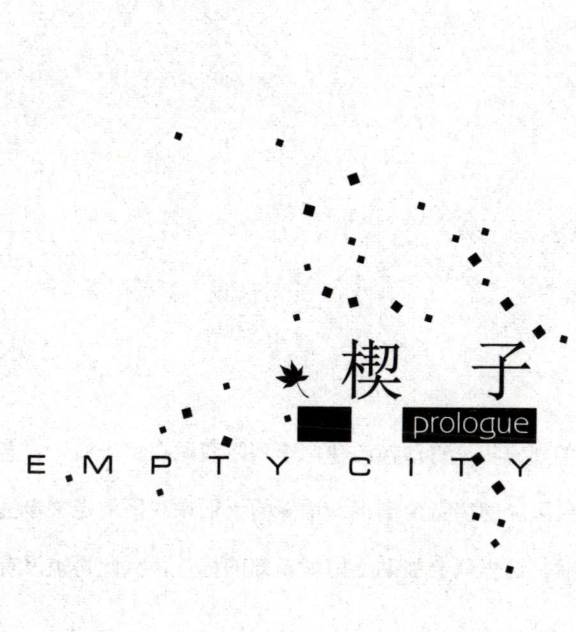

# 楔子

prologue

EMPTY CITY

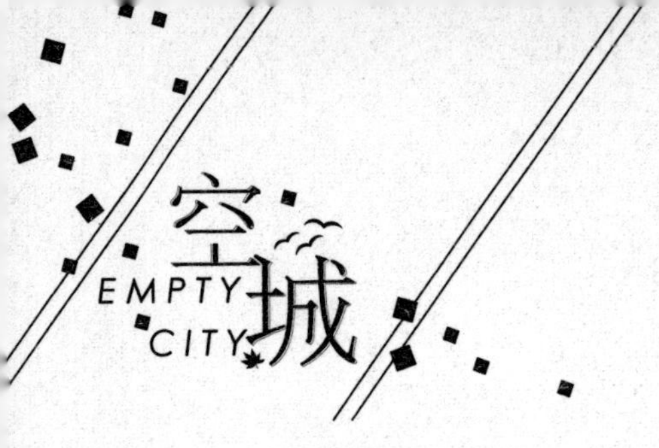


大学毕业的那一年，青沙镇改建，李珂陪我站在镇子口，看着熟悉的老槐树在机器轰隆隆的声音中倒下。忙碌的人们在我面前走来走去，我知道，几个月之后，这里就会被贴上南城新郊的标签，从此再也没有青沙镇这个地方了。

我看着身边本不属于这个小镇子却眼含泪花的李珂，用力地握了握她的手，想告诉她这是一件好事，可是怎么也开不了口。

恍惚中，我眼前出现了几个熟悉的身影，只是一眨眼的工夫，他们就已经没入人流，消失不见……我伸出手，却什么都没有抓到。就好像几年来，我真真切切的感受只是一个费力编织、想要美好最终却狼狈收场的梦境。

这个梦境的开端是青沙镇。

# 第一章

01 chapter

EMPTY CITY

## 记忆里的少年

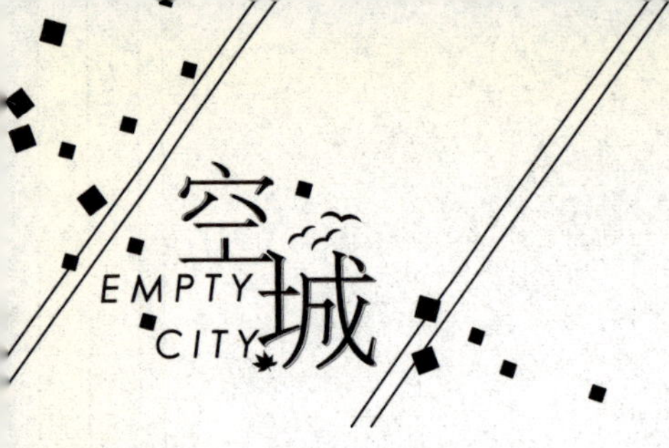


## 01

青沙镇位于南城西北郊，这是个被遗忘的小镇子，我在上大学之前从未离开过青沙镇。

离开青沙镇一度是我的梦想，而如今我正提着箱子站在南城大学的校门口，身边是戴着墨镜、穿着七八十年代复古牛仔裤的程颢，他一路上都在和我灌输“只有他最帅”的思想。好在我和他认识将近二十年，要不然早被洗脑了。

“爸，我这么帅，又这么有钱，要是有很多女孩子追我怎么办？”他推了推黑色墨镜，用胳膊肘撞了撞正在弯腰帮他提行李的程土豪。

哦，对，程土豪就是程颢的爸爸，光听这个名字，就知道他家不是一般的有钱，据说他家的钱可以买下两个青沙镇。

“就你？”程颢的爸爸翻了个白眼。

早上上车之前，他还在苦口婆心地劝说程颢换身行头，谁知道抵不过程颢的耍赖和他那个“儿子的话就是圣旨”的老婆，最终一路翻着白眼开车到了南城。

说句实话，和程颢这样的人走在一起，我真的特别不情愿，若不是我爸到了南城接个电话就走了，我现在一定有多远就离他多远。

我和程颢就这样被他的爸爸领着去报了名，最后抱着东西去了各自的宿舍。

刚推开宿舍门，我就看到一个穿着健美裤、扎着马尾辫的高大女孩站在屋子中间拉伸着手臂。

她热心地打招呼道：“你好！我叫李珂，我们宿舍好像只有我们两个人。”

我点点头，把箱子拖到床边，说道：“姜菁菁。”

我刚打开箱子准备整理东西，忽然，耳边响起“嘿哈”一声大吼，吓得我腿一软，整个人扑到了箱子上。我扭过头，看到李珂做出了一个匪夷所思的动作，就像小时候经常看的武侠片里的“白鹤亮翅”。

“哈哈……不好意思，吓到你了，我准备跳会儿健美操。”李珂抱歉地对我笑了笑。

在我不解的目光中，她完完整整地跳了一套健美操，然后瘫倒在床上，给我讲了她和健美操不得不说的故事。

李珂从小就长得比一般女生高，再加上四肢僵硬，所以对那些长相甜美柔弱的小女生很羡慕，甚至为了改变自己，还去健身房苦练了半年。然而，在健身房苦练并没有任何帮助，反而让她长了肌肉，变得高大魁梧。就在李珂被肌肉苦苦折磨的时候，一个很有气质的大姐姐告诉她，健美操可以让身体变得柔软，于是，她就开始了每天必须练一个小时健美操的生活。

后来我们才知道，那个很有气质的大姐姐说的其实是瑜伽，根本不是健美操。

“我的目标就是变成一个有女人味的女生！”李珂突然从床上弹起来，大吼一声。

我还没反应过来，她就已经快速地换上了牛仔裤和白T恤。

“姜菁菁，快，迎新会就要开始了。”

她这么一提醒，我瞬间想起来新生好像要参加迎新会，据说还会有优秀新生代表致辞什么的……想到这里，我快速收拾了一下，跟着李珂出了门。

大学校园看起来很美好，林荫小道边伫立着欧式路灯，上面用花体字写上了“惠园路”几个字，更别提一栋栋富有现代感的教学楼，和青沙镇那简陋的学校比起来，这里要漂亮得多。

不知道跟着李珂走了多久，她突然停下来，疑惑地望着我：“姜菁菁，前面是北对吧？”

我愣住了，这辈子从没出过青沙镇，我只知道从中学门口往右走就是自己家，根本分不清东南西北。可是看着李珂期待的眼神，我只能硬着头皮点了点头。

“大概是吧。”

好歹她也是在南城长大的，既然已经带着我走了这么久，应该这边就是北吧。

然而，等我察觉到不对劲的时候，已经是十几分钟以后了。

按理说，新生都要参加迎新会，路上应该人很多才对，怎么越走人越少？

不只是我，李珂也停下了脚步，她往四周看了看，发现一个人影也没有。

“我们还是找人求助……”

我拿出手机，刚找到程颢的号码，忽然听到李珂激动地大喊：“姜菁菁，你看！那里是人影，对吧？”

顺着她手指的方向，我果然看到前面偏僻的角落里有几个人影。树影摇曳下，看不清那些人在做什么，但只要有人，对于我们两个路痴来说就有了希望。

我把手机塞进口袋里，和李珂朝着“救命稻草”跑去。

等我们离人影越来越近，我才发觉不对劲，前面那群人好像正在激烈地争吵。

“不就是认识校外的小混混吗？有什么了不起……”

“你现在倒是喊他们来救你啊，喊啊……”

我和李珂僵在原地，看着那几个人，其中唯一的女生梳着马尾辫，穿着短裤和背心，被五六个男生团团围住。我看不清她长什么样子，只知道

她看上去瘦瘦的，脊背挺得笔直。

一个男生使劲地推了她一下：“喊啊，你那天的气势去哪里了？”

那几个男生渐渐逼近，纷纷对那个女生动手推搡起来，我的心不由自主地揪成一团，不知道该怎么办才好，而一旁的李珂也一动不动，好像看呆了。

就在我以为那个女生要吃亏的时候，她突然出手了。

她飞快地转过身，从旁边男生手里夺过一根木棍，朝他的头狠狠砸了下去。

“砰！”

“啊！”那个男生抱着头，发出痛苦的呻吟声。

“哼！”女生扔掉棍子，转身就朝我们这边跑来。

那些男生都愣住了，一时之间，不知道该看同伴的伤势好，还是抓住这个女生好.

过了好几秒，才有人上前问道：“老大，你没事吧？”

“天啊！听声音都好痛！”都这个时候了，李珂还有心情发表感慨。

我哪里见过这样的场面，震惊之下赶紧扯了扯李珂的手：“大姐，快跑啊。”

我和李珂还没来得及转身，那个扎着马尾辫的女生正好经过我们身边，忽然她打了个响指，吹了声悦耳的口哨。恍惚间，我看到她胳膊上的刺青特别显眼，是一朵玫瑰花。

女生的速度实在是太快，远远地把那些男生甩到了后面，等我和李珂反应过来时，她已经消失了，而刚刚被打的那个男生和他的同伴才赶过来。

“许紫清对你说了什么？”一个穿着紫色衣服的男生挡在了我和李珂面前。

我和李珂紧张地待在原地，一动不动。

“你哑巴啊？说话啊，刚才许紫清跑过去的时候说什么了？”旁边的男生骂骂咧咧，捂着受伤的头，疼得龇牙咧嘴。

我愣了好半天才弄明白，他们口中的许紫清就是刚刚那个从我们面前跑过去的女生。

“我不知……啊！”我的话音还没落下，就被人抓住了头发，剧烈的疼痛让我不由自主地发出一声尖叫。

就在我的眼泪快要流出来时，身后传来了一个略带好奇的男声：“你们在这里做什么？”

“少管闲事。”抓着我头发的男生恶狠狠地回了一句，扭头一看，突然松开了抓着我头发的手。

我忍痛抬起头，看到一个穿着黑色连帽衫的男生站在我和李珂身后，他身材颀长，五官非常清秀，手里还拿着一个冰激凌。

他咬了一口冰激凌，朝我和李珂看了一眼：“哦。”

原本我以为他要离开了，可没想到他竟然朝那群男生走了过去，和那个穿紫色衣服的男生说起话来。过了一会儿，那个男生皱了皱眉头，摆了摆手：“我们走。”

被打的男生不服气地说道："她们可能是许紫清的……"

"走！"

李珂早已吓得说不出话了，她紧紧地抓着我的手，看着那群表情凶狠的人从我们面前走过，这才哆嗦着说道："吓死我了，姜菁菁，吓死我了……"

黑色帽衫的男生看了看我和李珂，伸出手，指了指右边的一条小路："直走，看到路标左拐，然后第一个路口往右走，就能看到礼堂了。"

李珂大惊小怪地问道："你怎么知道我们要去礼堂？你……你也是新生吗？"

他并没有回答李珂的问题，而是把只剩下一口的冰激凌塞进嘴里，直勾勾地盯着我。

我有些不好意思，小声说道："谢谢你。"

男生又往前凑了凑，不死心地说道："是我啊，秦晟一。"

"啊……"对于这句没头没脑的话，我不知道该怎么反应才好。

"你果然不记得我了。"他放弃地后退一步，声音透着一丝沮丧，垂头丧气地走了，只留下我和李珂愣在原地。

直到他走出好远，李珂才一把抓住我的手臂，问道："姜菁菁，你和他认识？"

秦晟一……这个名字似乎有点儿熟悉，在哪里听过？

可我回想了好久，除了这个名字之外，我实在想不到其他事，只得摇了摇头。

“他应该是认错人了吧。”

按照秦晟一指引的方向，我和李珂很快就找到了礼堂。刚到礼堂门口，我就听到身后传来一个熟悉的声音。

“姜菁菁，这边！这边！”

扭过头，我就看到程颢这小子乐颠颠地朝我们这边奔过来。

我瞥了他一眼，拽着李珂就进了礼堂。

哪里会有人在迎新会上穿一身白，还戴个白帽子？以为自己风流倜傥、玉树临风啊。

“姜菁菁！”程颢这个人就是脸皮厚，明明看出我不想搭理他，可他依旧很热情地挤到了我身边。

礼堂里吵吵嚷嚷的，我装作没听到他的话，眼睛盯着前面空无一人的舞台。身边的李珂倒是很快就和程颢混熟了，他们俩时不时地说着什么，然后哈哈大笑起来。

不知道过了多久，我感觉我的眼睛瞪得有些酸了，这才看到舞台旁边好像走来了一个人。就在这个时候，程颢拍了拍我的肩膀，说道：“姜菁菁，告诉你一个好消息，顾景泽……”

再次从程颢嘴里听到顾景泽的名字，我的心里一股怒气涌上来，恨不

得把他大卸八块。

说起顾景泽，就不得不说我那个想要离开青沙镇的梦想。

准确来说，那个念头是从高二下学期开始在我心里萌生的。

记得那一天，我们班来了一个转校生，他和学校里其他的男生都不同，在那个男生们都叛逆淘气、觉得忤逆老师的话就是帅的阶段，他温文尔雅的样子就像是一朵纯白色的花悄悄地开放在我心里。或许在他来的第一天，转身在黑板上用粉笔写下他名字的时候，那三个字就已经深深地印在了我的脑海里。

是的，我暗恋着他。

他的名字很好听，就像他的人一样。

顾景泽。

我悄悄地在纸上把这三个字写了一遍又一遍，每当这个时候，我的同桌程颢就趴在桌子上鄙夷地看着我。

程颢这个大少爷，从小就过着养尊处优的生活，从小学到高中，他屁股后面总是跟着一大群唯命是从的不良少年，因为跟着大少爷有钱花。这些家伙听话到他指东没人敢往西，就是因为这样，他总是带头和老师作对。

他的种种劣迹更加衬托出坐在他前面的顾景泽的好，我在顾景泽身上看到了不属于青沙镇的气息。

可没过多久，我的暗恋故事就传遍了校园，传遍了青沙镇，不用想也知道，这一切都是拜程颢所赐。

他说，喜欢一个人当然要大胆地说出来，藏着掖着像个娘们儿似的。

程颢在说这句话的时候，明显把我当成男生了。是的，在顾景泽来之前，我和他还真的是哥们儿，除了和老师作对这件事外，其他有程颢掺和的事，肯定也有我一份。

可是因为顾景泽，我突然觉得，和程颢一起哈哈大笑都是件丢脸的事。

不过，我的暗恋并没有维持多久，就被一双大手狠狠地掐灭了。这件事很快传到了我妈的耳中，她在听到消息的第一时间，就怒气冲冲地找到了顾景泽。至于她到底和顾景泽说了什么，我并不知道，只知道本来交集就少的顾景泽从此和我再无交集了。从她拽走顾景泽的那一刻开始，我的心就被狠狠地剜了一刀，而且一直不能痊愈。

如果不是我妈，我和顾景泽说不定还有一点儿可能，现在别说一点儿可能了，只要见到顾景泽，我的脑海里就会浮现出我妈怒气冲冲的样子。无数个晚上，我都躺在被窝里暗暗发誓，我一定要考上大学，离开青沙镇，离开我妈。

而如今，我终于离开青沙镇，再也不去想曾经那段时光，连同顾景泽这个人也被我埋在了记忆里，谁知道却被程颢再次提起。

“你就不能闭嘴休息一会儿？”我扭过头瞪了程颢一眼。

因为顾景泽的事情，我至今对程颢都没什么好脸色，这个他也知道。

“好。”程颢一脸得意地看着我，“待会儿你肯定会后悔的，后悔不让我说完。”

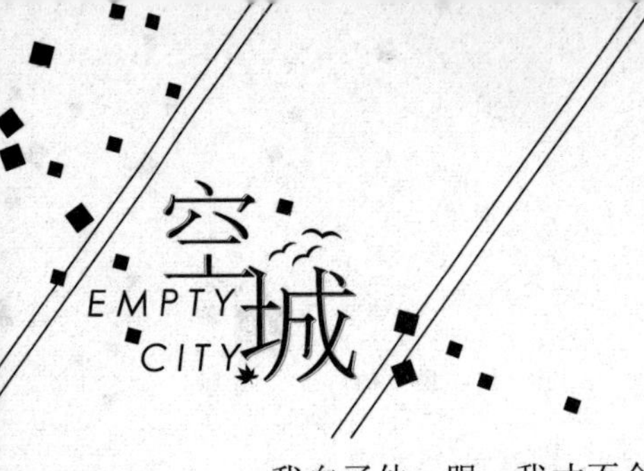


我白了他一眼，我才不会后悔呢，要是后悔了，我就把我的名字倒过来念！

“接下来是新生致辞。”

刚转过头，我就看到有个人从容不迫地从舞台旁边走了上来，暖色的灯光下，他的身影越来越清晰——一头黑色短发凌厉而张扬，白皙的脸庞上是熟悉的眉眼。

他薄薄的嘴唇微微张开，在四周嘈杂的声音里，他的声音是如此清脆，字字直击我心：“大家好，我是新一届艺术班的学生顾景泽……”

我的耳边“轰”的一声，再也听不进任何话。

真的是顾景泽？

他怎么会在这里？我曾听别人说过，顾景泽以后是要出国的。

我睁大眼睛看着舞台上的人——没错，真的是他，不过短短的一个暑假没见，我怎么可能认错？

“姜菁菁，看吧！”程颢在我旁边低声说道，“我刚才准备告诉你我看见顾景泽了，你不让我说，哼，后悔了吧？肠子要悔青了吧？”

我盯着舞台上的顾景泽，然后使劲地点了点头，我以后就叫“菁菁姜”了。

程颢立马乐了：“我告诉你，姜菁菁，我不只知道顾景泽在这个学校，还知道他在哪个班，住在哪个宿舍呢！啊，对了，还有手机号，还有他今天穿的内裤的颜色，你想知道吗？”

我还没开口，身边的李珂已经开口了，她用方圆十米之内的人都能听见的声音惊呼道："啊，你胡说什么？姜菁菁怎么可能想知道顾景泽内裤的颜色？你说是吧，姜菁菁？"

李珂的话音刚落，我只觉得周围的目光齐刷刷地聚集到了我身上。我刚准备低下头，装作不认识她，忽然，李珂一把拽过我的胳膊，用高分贝的声音继续喊道："姜菁菁，你快看，顾景泽在朝我们这边看呢！"

我条件反射地抬起头，朝舞台中央看过去，果然，顾景泽正看着我们这个方向。我心里一慌，立马低下了头。

趁着这个工夫，顾景泽已经致辞完毕往台下走去了，而李珂还在大惊小怪地喊道："啊，我们菁菁喜欢顾景泽啊！"

"这丫头喜欢顾景泽的事在我们高中可是所有人都知道的。"程颢也不知道哪来的耐心，兴致勃勃地说道，"不，准确地说，是我们整个青沙镇的人都知道。"

"姜菁菁这个人吧，喜欢别人，又不敢表白，多亏了我这个好哥们儿，我想，这种事情当然要帮一帮她啦……"程颢根本没有注意到我越来越难看的脸色，继续绘声绘色地描述着我那场无疾而终的暗恋，就连我妈怒气冲冲去学校找顾景泽的那段，他也一字不漏地说了出来，说到精彩处，还扭过头对身后的男生说道，"同学，你的水可以借我喝一口吗？我口渴了。"

看着那个男生乖乖地把自己的水瓶递到程颢手中，我真想揍他一顿。

无耻！我发誓再也不要和程颢说话了！

"我有事先走了。"

我丢下程颢和李珂，慌忙逃了出去。

程颢不提顾景泽还好，他一提，我就再也高兴不起来了。

本来能在这个学校再见到顾景泽，是多么值得高兴的事情，可是现在，我满脑子都是老妈到学校拽走顾景泽的那一幕。我知道，自己的自尊心和羞耻心在程颢的复述下，又被无限放大成一把锋利的刀子，再次深深地在我心上砍了一下。

在礼堂外面吹了吹冷风，我决定先回宿舍，可被李珂带着七拐八拐一走，我的方向感早已为零了。就在我望着眼前的分岔路口发愣时，身后忽然传来了熟悉的男声。

“姜菁菁。”

我扭过头，看到顾景泽站在我身后。

天刚刚暗下来，路灯昏黄的光照在他的身上，显得很不真实。

“顾……景泽。”我下意识地往后退了一步。

他突然出现在我面前，笑吟吟地看着我时，我的脑海里浮现的却是刚才程颢绘声绘色描述我妈去学校的那一幕。

我妈和程颢就像两大山脉，成功地切断了我的暗恋之路，可直到很久之后我才明白，切掉我暗恋之路的并非是我妈，也不是程颢，而是自己的羞耻心。如果我脸皮厚一点儿，就不会在和顾景泽偶遇的时候尴尬得只知道往后退了。

“要回去吗？”

顾景泽再次开口，他的声音还和以前一样温柔。

我点点头，踌躇着，不知道该说“啊，没想到在这里见到你”，还是该说“顾景泽，你也在这里啊”。

“没和程颢一起？”他往礼堂方向看了看，“我刚才看见你们坐在一起了。”

原来刚才顾景泽真的看到了我和程颢，我只好开口回答：“嗯……他还在里面。”

“姜菁菁！”话音刚落，程颢和李珂就出现在礼堂门口。

看到我和顾景泽之后，程颢露出吃惊的表情：“天啊，你们俩怎么在这里？约会吗？”

程颢的大嗓门无比刺耳，我抬起头看向身边的顾景泽，生怕他脸上露出一丝不耐和厌烦。看到顾景泽好脾气地对程颢笑了笑，我才稍稍放下心。

程颢走到我身边，我使劲地掐了一下他的胳膊，他疼得龇牙咧嘴，刚想开口，我就狠狠地瞪了他一眼。他一哆嗦，乖乖地闭上了嘴巴。

可没想到，李珂这个爱凑热闹的家伙却凑了上来，像个小尾巴一样不停地追问顾景泽。

“啊，你这么高！有一米八吗？”

顾景泽笑眯眯地摇了摇头："没有呢，也就一米七八吧。"

"哦……你和菁菁是一样的年纪吗？"

顾景泽依旧微笑着摇头："我比她大一岁。"

"你家也在青沙镇？"李珂继续厚着脸皮问道。

如果我是顾景泽，早不耐烦地走了，可他偏偏笑得温柔而优雅："我以前住在南城，只是后来才随爸爸回的青沙镇。"

好不容易等李珂问完，我拉着她准备回宿舍时，李珂还不忘和顾景泽说道："改天我们一起吃饭！"

说着，她顺便指了指我和程颢。

对于满口答应的顾景泽，李珂很满意，所以在回宿舍的路上，她不停地追问道："姜菁菁，你喜欢顾景泽什么啊？他很温柔？说话声音好听？长得帅？"

对于李珂的问题，我实在懒得回答。我知道，如果告诉她，我喜欢顾景泽只是因为他身上拥有一种不属于青沙镇的气息，她肯定会觉得我脑子有问题。

第二天，李珂真的叫上了顾景泽、程颢还有我一起吃饭。我坐在饭桌旁，很不自在，她却和程颢叽叽喳喳说个没完，就像是聒噪的小麻雀。

"啊！你们高中那么有趣啊！"李珂忍不住大笑出声，"我们可没有那么自由呢！"

"我们青沙镇太偏远了，老师没有南城的那么严厉。"程颢得意地抬了抬下巴，告诉李珂他是怎么带着别人和老师顶嘴的。

顾景泽微笑着听他们说话，我偶尔抬起头时刚好对上他的目光，他便会指着面前的菜问我：“吃这个吗？”

“不……不用了……”我慌慌张张地摇头，然后盯着碗里的饭菜一个劲地吃。

那顿饭吃得不咸不淡，离开饭店的时候，顾景泽突然开口问我：“姜菁菁，你这周会回家吗？”

我点点头表示会，昨天我爸给我打过电话，特意叮嘱让我周末一定要回去——他说的不是这个周末，而是以后的每一个周末。

程颢再次凑了过来：“姜菁菁，明天我爸来学校接我，一起啊。”

我点了点头，虽然我对程颢不怎么满意，但是我对他爸没有什么意见。由于生意的原因，程土豪很少在家，偶尔回去一次也会给我带礼物。他给我带礼物的原因很简单，不过是希望我可以帮他那个不争气的儿子补补课，别说补课，他儿子能主动翻开书，就已经是天大的喜讯了。

程颢见我点头，又扯着顾景泽的胳膊说道：“走吧，我带你去个好地方。”

他走了几步，又回头看了一眼我和李珂：“你们俩还不回学校，站在这里干什么呢？”

我瞪了程颢一眼，便拉着李珂往学校门口走去。刚进大门，李珂突然拽着我的胳膊，大声嚷道：“姜菁菁，你快看那个人！”

我顺着李珂指的方向看过去，只见一个穿着格子衬衣的男生正靠在校

门口打电话，他大概是听到了李珂的声音，抬头看了看我们，微微一愣，挂掉电话走了过来。

他不就是开学那天替我和李珂解围的那个男生吗？

他和那天一样直勾勾地盯着我，扯了扯嘴角：“你好，姜菁菁。”

“呃……”

我心里一惊。

奇怪……他怎么知道我的名字？

我刚来这所学校，认识我的人也就那么几个而已，难道说……他那天并不是认错人了，而是真的认识我？

秦晟一……

我再次在脑海里搜索了一下，可是依旧没有找到关于这个名字的记忆。

大概我脸上的表情已经出卖了我，他露出失望的表情，转身朝着学校外面走去，临走前还不忘回头看我一眼，说道：“你还真的完全把我忘了呢。”

直到他离开，李珂仍紧紧地抓着我的手臂，直到他的背影完全消失，她才开口道：“姜菁菁，你有没有觉得他很帅啊？”

对于李珂的问题，我选择了无视，短暂的接触下，我已经完全看透了身边的这个女生——就是个花痴，只要看到长得不错的男生，都会眼冒红心。

周五那天，程颢他爸果然开车来接他，顺便把我也捎了回去。

在车上，程颢一直在问我无聊的问题，比如“你们宿舍就你和李珂两个女生住吗？我们宿舍四个人住，好挤好烦，你知道其他三个人是谁吗”。

我瞪了他一眼，说道：“我对你们宿舍的人完全不感兴趣。”

就算我这样说了，他依旧喋喋不休。我索性闭上眼睛装睡，可不知道为什么，脑海里鬼使神差地浮现出秦晟一的样子。

对了，说不定程颢知道！

“程颢，你认识秦晟一吗？”我睁开眼，用手指捅了捅刚戴上耳机准备听歌的程颢。

他摘下耳机，说道：“秦晟一？谁啊？这个名字怎么这么耳熟？”

我更加期待了：“仔细想一想啊，是不是我们都认识的人？”

“是不是明星啊？”程颢皱起眉头，一副很认真回想的样子，“还是哪个歌手？新生代模特？”

“……”

我很想给自己一巴掌，明知道程颢这个人不靠谱，还指望他能想起来什么啊……就算随便编个名字，他都会觉得很熟悉。

回到家时，老妈正在厨房做饭，而爸爸则坐在沙发上不知道在想什么。我扔下背包，把我这一周遇到的事情跟他们讲了一遍，不过意外的是，他们没有人搭理我。

我也觉得再说下去很无趣，索性住了嘴，后来在吃饭的时候，我才察觉到，看样子这两人是吵架了。印象中，除了我小时候，他们两个很少吵架，我不知道该怎么办才好，所以只得屏住呼吸，胡乱塞了几口饭就躲进了屋里。

可没过多久，客厅里就传来老妈有些哽咽的声音：“姜怀民，我告诉你，你要是再管她的闲事，我就带着菁菁走！”

随后，爸爸无奈的声音响起：“你先冷静下来，好好听我说啊。”

我对他们吵架的内容很好奇，慢慢地走到门边，把耳朵贴上去，试图听得更清楚点儿。

“你先别生气，听我说……”

“有什么好说的！”我妈一生气就爱翻旧账，声音里透着一丝委屈，“你当初怎么说的？说再也不管秦家的事了，秦晟一九岁那年，你不是还让他来这里住了吗？现在又和她有关系……不行，我要带着菁菁走！”

“你小声点儿，菁菁还在房间里呢……”我爸刻意压低了声音，“小一九岁那年不是遇到了意外，所以才让他来这里住的吗……”

“小一……”我愣住了，记忆里稚嫩模糊的脸蛋和前几天我在学校见到的那个男生的面容重叠起来。

原来他是小一！

秦晟一……竟然是小一！

见到小一那年，我才十岁，他是被我爸带回来的，跟随他来的还有一个很大的箱子。我之所以会对那个大箱子记忆深刻，是因为在后来的日子里，那个会魔法的大箱子曾变出很多东西给我。

知道他叫小一，还是从我爸口中听到的。

他刚来的那天，我家就发生了一件直到现在都令我记忆深刻的事情——爸爸和妈妈吵架了，这还是我懂事起第一次看到他们吵得这么厉害。

我妈的眼睛哭得像个核桃，她拿出一个大包，收拾了自己的衣服，还有我的衣服，然后拽着我朝门口走去，边走边对我爸说："姜怀民，你这个没良心的，我和菁菁再也不会回来了。"

起初我还很开心，以为妈妈要带我去亲戚家，可看到爸爸沉重的表情之后，突然恐慌起来。

我一屁股坐在地上，怎么都不愿意跟着我妈出去。

我才不要离开自己的家呢！

后来妈妈也没走成，我爸走过来拦住了她："你听我说，小一遇到了那样的事情……这不也是没办法吗？就先让他在这里待几天吧。"

后来老妈妥协了，因为她发现不管怎么哭闹，都没办法让我爸送走小一，就这样，小一在我家住下了。

小一刚来的时候不爱说话，准确地说，是从不说话，为此我还和程颢

在背地里偷偷讨论过他是不是哑巴。可小一总是安安静静地坐在院子里，低着头看地上爬来爬去的蚂蚁，不管我怎么和他搭话，他都不理我。

程颢不喜欢小一的原因很简单——他拿着他爸刚从城里带回来的新玩具递给小一时，被彻底无视了。

程颢小时候最自豪的就是家里有成堆的玩具、漫画书和好吃的。青沙镇其他的小孩见都没见过那些，所以每次他拿出玩具时，都会得到羡慕的眼神，甚至有很多小孩子为了能玩一玩他的玩具，就天天跟在他屁股后面“老大老大”地叫。

可是现在，那些他引以为豪的东西就这么被小一无视了，不仅仅是无视，他还不屑地扭过了头。

他的不屑击垮了程颢骄傲的心，从此，小一成了程颢欺负的对象。这可一点儿都不好，连带着他后面的小孩子也开始欺负小一。

小一和我熟络起来的那天，我被老妈揍了。

原因很简单，我跟着程颢他们去偷了镇里王大伯家的柿子。如果单单是几个柿子的话，并不是什么大事，关键是，我们之后还在柿子林里展开了一场大战，武器就是那些可怜的柿子。

当我被王大伯提着领子送到家门口时，老妈二话不说，拿起门口的扫把就冲着我走过来。

“呜呜呜……”我虽然淘气，可也害怕被打，所以她还没走到身边，我的眼泪就“唰”地掉下来了。

王大伯一看，赶紧开口劝道：“也不是什么大事，小孩子嘛，说两句就算了。”

可是我妈完全听不进去，她直接走到我面前，举起扫把就朝我的屁股打去。

“让你偷东西，还糟蹋人家的柿子！”

我眼角的余光看到爸爸正站在门口，立马张开嘴大哭起来。这种淘气事情我以前没少干，每次老妈打我的时候，他都站出来替我说句话，而且每次只要他开口，我妈就会住手。

可是这次不管我怎么哭，爸爸都没有开口，而是把门关上，走回了屋子里。

我呆呆地止住了哭声，一直以来，可以躲避暴风雨的港湾消失不见了，让我心中的震惊超越了屁股上的疼痛。

我妈又打了我几下，然后扔下扫把走了，王大伯也回去了，只留下我一个人站在院子里。

直到这时，我才开始掉眼泪。我蹲在地上看着那些爬来爬去的小蚂蚁，一边落泪一边傻乎乎地问：“小蚂蚁呀，你爸爸妈妈是不是也不要你了，留你自己在这里爬来爬去啊？”

是的，我觉得爸爸不想要我这个女儿了，要不然他怎么会看着我妈打我都无动于衷呢？

我越想越伤心，眼泪越流越多的时候，身边突然出现了一个人影。

我惊慌地擦干眼泪，抬起头，小一站在我旁边没说话，而是蹲下陪着我看了一下午的蚂蚁。

从那之后，我便时常“小一小一”地叫，只要喊他，他都会飞快地出现在我面前，可即使这样，他也不曾开口说话。

小一第一次从大箱子里变出漫画书的那天，我爸妈又吵架了，在小一来之后的一个多月里，他们一直都是这个状态。而这次吵架的原因，是因为青沙镇里开始有了流言蜚语，镇子里的大人们都说小一是爸爸的私生子。

我曾趁着爸妈不在的时候偷偷问过小一：“小一，你是不是我爸爸的私生子啊？”

小一低着头不说话，直到我有些急了，伸出手去拽他：“小一，你不会真的是我爸爸的私生子吧？”

我问着问着，眼泪要掉下来了，这个时候，小一突然站起来，打开了他的大箱子。

我眼巴巴地看着他，不知道他要做什么，没多久，他就把从大箱子里拿出来的漫画书放在我手里。我被封面上那个蓝胖子吸引住了，忘了刚才问他的问题。

那是我人生中看的第一本漫画，那只可爱的蓝胖子就是机器猫。

小一对他的漫画书很珍爱，我看完之后，他就立马收了回去，再次锁进了大箱子里。可因为看了第一本之后，我想看更多，于是我也学着那些跟在程颢屁股后面的孩子喊小一“老大”。可每当我这么喊他时，他就紧张地摆手，后来我也觉得喊“小一”比“老大”好听，索性继续喊起“小一”来。

青沙镇那年下了一场大雪，虽然和电视上看到的那些厚厚的积雪比起来根本不算什么，可也影响不了我们要打雪仗的心情。

是我把小一带出去玩雪的，后来每每想到，就觉得后悔。

小一站在附近，看着我和其他人打闹，我只顾着追那些扔雪球砸我的人，根本忘记了身后还有他。等想起来的时候，我早已跑远了，而就在这时，忽然有孩子尖叫：“有人掉河里了！”

我踮起脚尖远远眺望，发现几个孩子正慌慌张张地朝我这边跑来，心里不由得咯噔一下。

等我跑过去，才发现掉进河里的就是小一，而刚才那些围着他的孩子已经全部跑掉了，只剩下程颢一个人，哆嗦着嘴唇望着我。

青沙镇周边的小河河水都只是刚刚过腰，可即使这样，下雪的天气，河水该有多凉啊！可小一就那样站在水里，根本没有要上来的意思，他的眼睛死死地盯着站在河边的程颢，一句话都不说。

我慌慌张张地跳进河里，把小一拖了上来，双脚刚踩进水里的时候，刺骨的寒意就让我鼻子一酸，眼泪“啪嗒”一声落在了水面上。

我流着眼泪把小一拖上来时，程颢还愣愣地站在河边，他结结巴巴地解释道：“我，我不是……”

我知道推小一的就是他，不知道哪来的恨意，我冲过去使劲地推了程颢一下。他条件反射地伸手来挡，我一把抓住他的手，卷起棉衣袖子狠狠地咬了下去。

不管程颢怎么哭，怎么伸手打我的头，我都不松口，最后，我是被赶来的妈妈拽着头发扯开的。她看到我和小一都没事，松了一口气，然后推着我们往家里走。和同时赶来的程颢他妈的视线对上的时候，我还不忘瞪了她一眼。

回到家换好衣服之后，小一和我围着火炉，望着彼此冻得通红的小脸笑了，那一刻，我觉得小一成了我最好的朋友。

然而，我脸上的笑容并没有维持多久，程颢他妈就带着他来我家了。

程颢躲在他妈身后不敢看我，他妈把他的袖子卷起来，眼圈红红地递到我妈面前："你看看，你看看！这都出血了……"

我歪头一看，果然，他胳膊上有两排整整齐齐的小牙印，还往外渗着血丝。

程颢有些胆怯地抽回胳膊，看了我和小一一眼，然后结结巴巴地开口："不怪他们，是我，是我先推……"

"你们说这怎么办？"他的话还没有说完就被打断了，他妈把他拉到身后，语带哽咽地说道，"我家程颢只是平时淘气了点儿，长这么大，我和他爸都不舍得打他一下，现在胳膊上都被咬出血了……"

我妈越听脸上越挂不住，捡起墙角的扫把，又开始打我："你能不能别给我惹事？你知道我每天怎么过的吗？你都这么大了，一点儿事都不懂，你说你错了没有？说啊！”

我知道，这个时候只要承认自己做错了，她们就都不会再计较了，可是我偏不。我咬着嘴唇死也不说我知道错了，因为内心深处就觉得自己是对的，完全没有错。

看到我得到了“应有的惩罚”，程颢他妈满意地带着程颢回家了，临走前看了我妈一眼：“你家菁菁啊，真的该管管了，一个小女孩天天这样怎么能行呢？”

打了许久，也得不到我的认错，老妈终于累了，她指了指院子：“姜菁菁，你去站着，想想我为什么打你！”

我一句话都不说，直接走出去站在了雪地里。妈妈打我无非是因为我咬了程颢，可是就算再发生一次，我还是会咬他，为了保护我的朋友小一，我一点儿也不后悔。

身后的门“吱呀”一声打开了，我回过头，看见小一探出了脑袋。

他看了看我，然后又把门关上了，过了两分钟左右，小一再次打开了门，径直朝我走过来。他往我手里塞了包东西，然后和我并排站着。

我低头一看，是一包糖，赶紧拆开袋子掏出一颗含在嘴里，又掏出一颗递给了他。

“冷吗？”小一张了张嘴，他的声音低低的，很稚嫩。

“你会说话？”我大吃一惊。

在三次五番企图和小一说话，得到的总是沉默之后，我已经在心里把他和小哑巴画上了等号，真没想到他会说话。

小一点了点头。

“从你来我家起，这么久了，你一句话都不说，是怎么做到的啊？”我兴奋极了，对小一会说话的兴趣很快让我忘记了刚才被打的事。

小一再次陷入了沉默，过了许久，他伸出手，握紧了我的手。

“我的手冰。”他的手暖暖的，我慌张地想要把手缩回去，可是被更用力地握紧了。

“没事。”小一酷酷地扔下两个字，之后不管我说什么，他都不再回答。

第二天一大早，程颢就抱着一大堆玩具来了我家。他小心翼翼地看着我，然后把玩具推给我，我推给他，他再次推给我。

就这样在推来推去中，我突然对其中一个小模型产生了兴趣，拿起来问程颢：“这是什么啊？”

见我终于肯跟他说话，程颢的脸上立马堆起了讨好的笑：“这是造房子用的。”

“造房子用这个？”我看着手里小小的模型，然后抬起头看了看自己家的房子，扭过头问小一，“小一，这真的是造房子用的？”

小一看了看我，又看了看眼巴巴等着我们的程颢，然后点了点头：“这是造小房子模型用的，不是我们住的这种房子。”

说着，他拿过我手里的模型，朝程颢走过去，从他面前的玩具里挑出了另一个小模型给我看：“来，我们用这些组建一座小房子吧。”

程颢和我一样，感慨了一番小一居然会说话，接着热心地在那堆玩具里翻起剩下的模型来。

你看，这就是小孩子，哪怕前一秒还恨对方恨得要命，下一秒只要给个笑脸，就会热情地贴上去。可大人们不一样，他们的仇恨随着年龄的增长，被无限放大，再放大，直到除了仇恨，他们再也看不见其他东西。

后来我才知道，那天因为程颢和那些小孩子起哄，说小一是私生子，一向不爱搭理人的小一就和程颢扭打在一起，程颢这才不小心把小一推到了河里。

我知道事情的来龙去脉之后，不由得偷偷问小一，他到底是不是爸爸的私生子。

小一面无表情地看着我，并不吭声。

我看着眼前沉默的小一，突然愣住了，心里像是被什么堵住了似的，一句话都说不出来。原来那些传言是真的，原来我爸不爱我妈，原来……

就在我快要哭出来时，小一用食指戳了戳我的胳膊，说道："我有爸爸。"

"你爸爸呢？"我抹了抹眼泪。

"家里。"小一说完这句话，就开始玩从大箱子里拿出来的玩具了。

原来爸爸还是爱我和妈妈的，这样想着，我又开心起来。

小一渐渐变得爱说话了，他开始跟着我和程颢去偷西瓜，摘桃子，摘苹果……程颢为什么每次都带着小一，我不知道，我只知道，只要带着小一，每次惹事，妈妈要打我的时候，他都会主动站出来说是他的错，而我就可以躲在他身后，无忧无虑地胡闹。

在爸爸不帮我说情以后，小一就成了我最依赖的人，因为他，在接下来的一年里，我成功躲过了无数次本应打在我屁股上的扫把。

可惜好景不长。

小一走的那天，我被程颢叫去河里捞鱼，我来不及关注小一和我爸说了什么，就听见程颢的喊声："姜菁菁，你快点儿啊！"

我扭过头大喊："小一，我和程颢先去河边了，你记得来啊！"

说完，我就朝门口跑去，根本没注意到有什么异样。本以为没过多久小一就会出现在河边，可是等了好久都没有看到他的影子，我捞了很多条鱼，装在玻璃瓶里准备带回去的时候，在镇子口看到一辆黑色的小轿车扬长而去。

我戳了戳身边的程颢，问道："刚才过去的那辆车和你爸的车哪辆帅？"

程颢头也不抬地回答道："当然是我爸的帅，你不知道，我爸那辆车花了多少钱才买到的……"

我懒得听程颢瞎掰下去，拿着玻璃瓶朝家里跑，一推开门就嚷嚷："小一，小一，我给你带了鱼回来！"

可是家里并没有小一的影子，爸爸妈妈坐在沙发上，不知道在说着什么。看到我时，妈妈站起身进了卧室，爸爸则招了招手，让我过去。

"爸，小一呢？"我歪着头东张西望。

“回他家去了。”他从我手里接过玻璃瓶，摸了摸我的头发，“菁菁啊，你是大姑娘了，可不能再这么淘气了。”

爸爸后面那句话我没怎么听，注意力都在前一句上。

“小一回家了？”

我不相信地甩开我爸的手，朝小一住的房间跑去。

我才不信呢，他们肯定是逗我玩的！

我推开门，果然，屋子里的大箱子不见了，床上放着的小一的衣服也不见了，只有桌子上放着四本漫画书，封面上画着他以前给我看过的蓝胖子。

我翻开书，只看到扉页上歪歪扭扭地写着三个字——“秦晟一”。

后来我再也没有见过小一，而那四本漫画书则和众多课本放在一起。再后来，随着我上初中、高中，家里的书越来越多，小学的课本再也找不到了，连带着那四本漫画书渐渐消失在了记忆中。

小一走之后，我还问过爸爸：“小一的家在哪里？”

“他家啊……在南城。”

南城是个什么地方呢？

我听程颢说南城很远，南城有很多玩具、很多好吃的、很多漫画书，他爸爸就在南城做生意。

可没有想到，有一天我会真的离开青沙镇来到南城，我更不敢相信的是，我和小一竟然还会有再见面的一天，而且还是在同一所学校。

所以，小一那天一开始就认出了我吗？怎么可能？

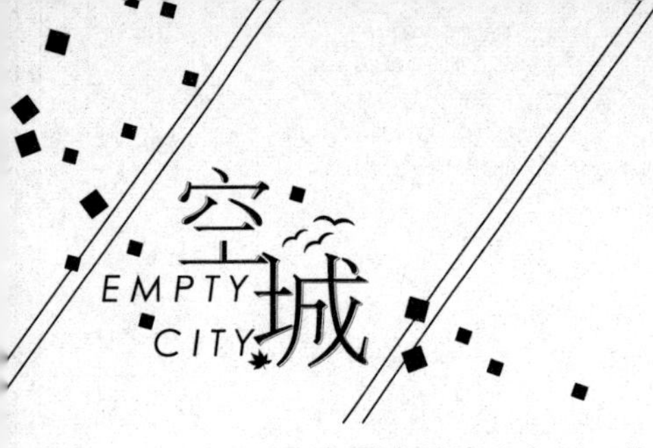


可如果真的认出来了，他为什么不告诉我他就是小一呢？

“我不管！”客厅里再次传来妈妈的怒吼声，“姜怀民，你以前说过和她再没有任何牵扯了！”

“事情真的不是你想的那样。”爸爸的声音里有着些许无奈。

“不是我想的那样，那是哪样？”妈妈说着哽咽起来，“我不管！要么我和菁菁走，要么你就和那边断绝往来！”

我知道我妈肯定又在胡言乱语了，她这个人一生气，什么话都说得出口。

我撇了撇嘴，站起身准备去听歌，可爸爸刻意压低的声音还是传到了我的耳朵里：“你听我说，真的不是你想的那样，她找我是因为有了……有了子……子珊的……消息。”

我拉开椅子坐了下去，掏出耳机，可是，在我戴上耳机听音乐之前，客厅里却一片寂静，再也没有了妈妈的声音。

# 第二章

02 chapter

EMPTY CITY

他不会骗我的

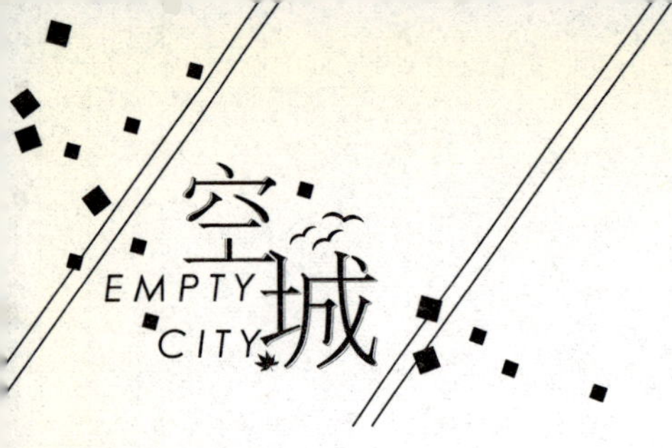


01

回学校那天，我早早就被老妈吵醒了，她坐在床边，为我整理要带去学校的衣服。见我醒来，她不放心地开口说道："菁菁，你在学校没遇到什么特别的人吧？"

我看着我妈，心虚地摇了摇头："没，没有，绝对没有遇到什么……特别的人。"

想到她当初怒气冲冲到学校找顾景泽的事，我就一阵后怕。不行，绝对不能让她知道顾景泽也在南城。

我妈盯着我看了许久，才低下头继续为我整理衣服："菁菁，你在学校不要惹事啊。"

我点了点头表示知道了。

"还有，你和程颢要好好相处，程叔叔对你那么好，要是程颢做错事了，你要让着他一点儿……"

这些话我妈不是第一次说，我耳朵都快听出茧了，可是又不得不点头答应："放心，我一定会和程颢好好相处的。"

在家门口看到程颢时，我难得扯出了温柔的笑容："早上好啊，程颢。"

程颢这家伙绝对是得寸进尺，就因为我的笑容，他直接把手机递到了我面前："菁菁，看到了吗？上一届系花李恩源。"

我看了看他手机屏幕里那个长得像明星的美少女，不屑地撇了撇嘴。好吧，我承认，我是嫉妒人家长得好看。

在去学校的路上，程颢用尽了办法，求我帮他追李恩源。

"姜菁菁，你看，你们都是女生，说话不是方便一些吗？"程颢说着，往我旁边坐了坐，"你可别忘了，当初你喜欢顾景泽不敢开口，还是我让他知道的。"

一提起顾景泽，我就想和程颢同归于尽，无奈想到老妈的话，再加上现在坐的是程颢他爸开的车，我只好压下心中的怒火，皮笑肉不笑地"嗯"了一声。

一看我答应了，程颢喜上眉梢，握着拳头，信誓旦旦地喊出了声："我发誓，我一定要做系花的男人！"

正在开车的程叔叔一个急刹车，差点儿把我和程颢甩到前面，他冷静了一下，这才一本正经地对程颢说道："有志气，不愧是我的儿子。"

到学校门口后，程叔叔很郑重地交代："菁菁啊，你在学校要多帮帮程颢啊，包括他追系花这件事。"

我只好一个劲地点头，表示肯定会帮他的。

程叔叔走了之后，程颢追着我说道：“菁菁，我说真的，你可答应我爸了，要帮我追李恩源的。”

我一边点头，一边在人群中搜索，希望找到一张熟悉的面孔，可以趁机甩开程颢。

程颢一巴掌拍在我的肩膀上，说道：“不愧是我的好哥们儿，你放心好了，我也会帮你把顾景泽追到手的！”

我瞪了他一眼：“别！你别给我添乱，我就谢天谢地了。”

我真的很害怕程颢脑子短路，提个大喇叭对着全校师生吼出“顾景泽，姜菁菁喜欢你啊”。不是我说他，这种事情他真的做得出来。

“姜菁菁！”

还没到宿舍楼下，我就听到气沉丹田的一声大吼。

我扭过头，李珂背着她的大包冲着我飞奔而来，搂住我的肩膀。因为她的出现，我终于甩开了程颢。

一路上，李珂叽叽喳喳聒噪不停，走到宿舍门口的时候，她突然抬头看着我：“姜菁菁，差点儿忘了，你猜我昨天晚上见到谁了？”

“谁？”我老老实实地接话。

“就是秦晟一啊，那天帮我们解围的那个帅哥！”李珂边打开宿舍门，边回头对我说道，“他好像在和一个阿姨吵架呢，不过隔得太远，我没怎么听清楚。”

我愣住了，在知道秦晟一就是小一之后，再听到他的名字，我总会想起小时候他陪我站在院子里的场景。

李珂把包扔到床上，利索地换了衣服，然后开始跳她的健美操，而我坐在床边随手翻着书，有一搭没一搭地和她聊着天。

她刚跳完健美操，我就接到了程颢的电话，他说要请我吃饭，不用想就知道是为了追系花李恩源的事情。我想都不想就拒绝了程颢的邀请，表示我现在不准备去吃饭。

正在换衣服的李珂瞪大眼睛，不敢相信地看着我："喂，姜菁菁，有人请吃饭，你为什么不去？"

我一时间不知道要怎么解释，只好捂住手机的话筒，告诉她是程颢打来的。

谁知道李珂更开心了，她冲着手机吼道："我们等下见，我会把姜菁菁拖下去的！"

程颢听到这边的动静之后，心满意足地挂了电话。

李珂换好衣服后，果然拽着我往楼下走，边走边抱怨："你说学校为什么不给宿舍装个电梯啊，这么高端洋气的学生宿舍，竟然没有电梯！"

我挣扎无效，只好甩开她的手，说道："我有腿，可以自己走。"

刚走到女生宿舍楼下，我就看到了笑得一脸谄媚的程颢，手里还捏着一个信封。

"菁菁，你帮我把情书递给李恩源，我请你和李珂吃饭。"

看到他手中的情书，李珂忍不住惊呼了一声："这都什么年代了，你怎么还写情书啊？直接打电话约她出来告白不就可以了吗？"

“没错！”我深表赞同，一想到要去帮程颢做这么丢脸的事，我心里就一百个不乐意。

程颢鄙视地抽了抽鼻子：“你懂什么？这样才能显示出我的真心，要知道我可是上网搜索了很久优美的情话，然后眷写了两遍呢！”

说完，他“啪”的一声把情书塞进我的手里：“你们俩想吃什么，我请。”

李珂一听到有吃的，自然两眼放光，没多久就和程颢统一战线了。

“再怎么说，李恩源也是上一届系花呢，追求者肯定都能排到火车站中心广场了。”李珂边走边替程颢分析，“像你这种长相一般、家里有点儿小钱的粗俗男生，她肯定不会放在眼里，那现在能打动她的只有真心了，火红火红的真心。”

程颢点点头，把手放在胸前比画着：“对！我对她真的是满怀爱意啊！”

我差点儿把早饭吐出来，还真心，我要是李恩源，绝对甩他一巴掌，让他带着情书哪里远就滚哪里去。

当然，吃人嘴软，我自然没把心里话说出来，而是在进高级餐厅之前，郑重地把情书塞进了背包里，向程颢保证：“你放心，我绝对会亲自交到李恩源手里的。”

不是我没骨气，而是程颢带我来的这家餐厅真的是太高档了，我看到菜单上的价格时就决定，这个忙我帮了。

吃饱喝足之后，我和李珂就开始打听李恩源的消息，比如在哪个教室上课啊，会固定坐哪个位子啊。

为了完成任务，我和李珂还去报名参加社团活动，因为听说在那里可以见到李恩源。但是，由于情报出现了一点儿小差错，我们俩转悠了一大圈，都没有见到李恩源。

望着来来往往的人群，李珂实在忍不住了："你确定你记得李恩源长什么样子？"

我一个劲地点头："嗯，确定啊，程颢给我看过照片了，长得很好看。"

李珂再次把目光投到人群中："那我们找长得好看的一个个问？"

刚站起身，李珂就一把抓住了我的胳膊，看着报名入口，冲我嚷嚷："快看，快看！"

我以为她发现了李恩源，结果却看到门口朦朦胧胧的光影中站着一个有些熟悉的颀长身影。

"秦晟一！"李珂的声音里满是激动，"姜菁菁，你说，我和秦晟一偶遇几次了？他肯定是我命中注定的王子！快点儿想个办法，我要上前搭讪！"

我白了李珂一眼，这家伙，上周还说跆拳道馆的馆长长得像自己的梦中情人金城武呢，今天就觉得秦晟一是她命中注定的王子了。

“秦晟一！”我还没来得及开口，就被李珂拖着走了过去。

秦晟一微微愣了一下，嘴角勾起一个迷人的微笑：“你好，姜菁菁。”

李珂“唰”地从口袋里掏出手机：“秦晟一，你还记得我吗？我是李珂，就是那天和姜菁菁一起的女生，你能告诉我你的手机号码吗？”

没想到李珂所谓的搭讪就是这个方式……

我摇了摇头，心里五味杂陈，看着他问道：“你那天怎么没告诉我你就是小一呢？”

秦晟一的脸上浮起两团红晕，他怔怔地看着我，忽然转过身，一溜烟地跑掉了。

我看着他的背影，一时愣住了。

李珂一头雾水地看着我，过了许久才大喝一声：“姜菁菁，你把我的真命天子吓跑了。”

遇到这样一出乌龙，她也没了找李恩源的兴致，非要拉着我去吃饭。在去餐厅的路上，李珂突然开口问我：“姜菁菁，秦晟一看到你为什么要跑啊？”

这个问题也正是我想问的，为什么在我认出了他是小一之后，他就慌张地逃开了？难道真的和李珂说的一样，是被我吓跑的？

直到很久之后，这个谜团才解开，那个比我高很多的少年红着脸告诉我，说从我口中听到“小一”这两个字，他觉得又惊喜又惊慌，惊喜的是没想到我还记得他，惊慌的是突然不知道要怎么面对我。

当然，这都是后话了。

对于我和李珂没有找到李恩源这件事，程颢非常不满。想想他好歹请我们吃了那么昂贵的饭，于是我和李珂决定去李恩源的教室找她。

“这次我的情报非常准确，李恩源总是坐在靠左边窗户的第三个座位！”整洁明亮的教室前，李珂一个劲地朝我使眼色，示意我快点儿过去。

我抬起头，刚好看到一个纤细苗条的侧影。一个长得很漂亮的女生正坐在那个座位上打电话，小巧精致的鼻子，白皙如瓷的皮肤，可不知道为什么，我总觉得在哪里见过她。

李珂冲我翻了个白眼：“你不是说在程颢的手机上看到过李恩源的照片吗？当然会觉得见过啦！”

“不对啊，她和程颢手机上的人不怎么像……”我依旧在迟疑。

李珂忍不住敲了一下我的脑袋：“姜菁菁，你傻不傻啊，照片上的当然和真人是有差距的。你可别忘了，网络上那些盛传的美女照片可都是经过处理的，连她爹妈都不认识！你想，堂堂一届系花，传自己照片的时候能不修一下吗？”

“也对哦……”

也许真人就是这个样子的呢？

在她的鼓动下，我一鼓作气打开门，朝那个女生跑了过去，直接把情书塞进了她手里，说道："有个很喜欢你的男生，叫程颢，他让我帮他给你的！"

说完，我一口气跑了出去，根本不敢看周围人的反应。

得知我和李珂终于成功地把情书递了出去，程颢非常满意，为了表示感谢，他还给我和李珂买了很多零食。

我们两个躺在床上边吃零食边看书的时候，怎么都想不到，这哪里是在送情书，我们简直是在把程颢往绝路上逼啊！

当知道我们送错人时，已经是第二天晚上了。

那天，我刚刚洗漱完，准备钻进被窝睡觉的时候，宿舍门"砰砰"地响了起来。

"谁啊？"李珂裹着被子打开门，发现一个穿着运动短裤的女生站在门口，她手里还捏着我们送出去的那封情书。

"姜菁菁？"她的目光越过李珂，上下打量了我许久，然后微微扯起嘴角，"你转告程颢，这情书我收下了，他以后就是我许紫清的男朋友了。"

等等！

她刚才说了什么？

我和李珂大眼瞪小眼，良久才理出思路。不过，我们两个人都被眼前的事实吓了一大跳——我们竟然把情书递错人了，而且递到了许紫清手里……

许紫清是谁，我和李珂对这个名字当然不陌生，毕竟迎新会那天，我们还撞见了她打架的场面。

我当时没看清她的脸，可是这个名字怎么也忘不了。

我愣愣地看向她的胳膊，那个耀眼的玫瑰刺青还在，果真是她！

许紫清推开我们，径自在宿舍里转了一圈：“咦？宿舍就你们两个啊？我去跟辅导员说一声，搬来你们宿舍怎么样？”

我和李珂还沉浸在“她就是许紫清”的想法中回不过神来，根本没来得及反应。

她很快就离开了，临走前还回头对我说：“程颢这家伙真逗，写情书都不留自己的联系方式吗？啊，对了，明天我就搬来和你们一起住。”

许紫清的话让从来不知道愁是什么滋味的李珂和我失眠了，整整一晚上我们俩都在想，要怎么把这个悲惨的消息告诉程颢。当然，更重要的是，我们俩还得想怎么应付即将出现在我们宿舍的许紫清。

我和李珂对许紫清还是存在着不少敬畏的，尤其是第二天我们从别人口中打听到，许紫清认识很多校外的小混混，并且时不时会带着手底下的兄弟惹事时，不由得更害怕了。

我们还没来得及告诉程颢情书被递错这件事，就迎来了提着大包行李来我们宿舍安家的许紫清。

“你们俩愣着干什么呢？”她一脚踹开宿舍的门，对着正在大眼瞪小眼的我和李珂说，“快来帮忙啊，累死我了。”

迫于她的淫威，她的话音刚落，我们立马点头哈腰地迎了上去。之后

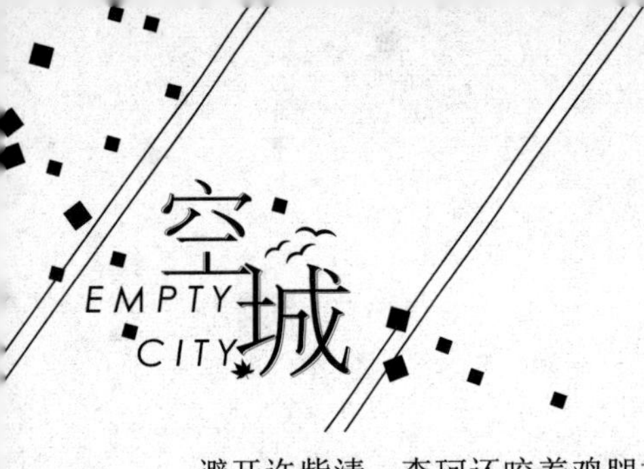


避开许紫清，李珂还咬着鸡腿抱怨过：“姜菁菁，你这丫头怎么可以对着许紫清露出那么谄媚的表情啊？”

我狠狠地白了李珂一眼，在心里默默地说，你才谄媚呢。

就这样，不管我们在心里怎样反对，许紫清还是在我们宿舍住下了，并且时不时地逼我和李珂跟她讲有关程颢的事情。

当然，我和李珂根本不算惨，最惨的要数程颢了。

在我和李珂很没骨气地把程颢的手机号码、个人信息、宿舍的位置告诉许紫清之后，她就直接率着一群人浩浩荡荡地找了过去，把通宵玩游戏正在补眠的程颢从被窝里拽了出来，张口就是一句：“以后你就是我男朋友了，这些都是我兄弟……”

后来，程颢和我偷偷见面的时候就差掉眼泪了，他扯着我的袖子说道：“姜菁菁，你，你把我害惨了……你知不知道，跟着她的那些小兄弟会揍死我啊……”

程颢一把鼻涕一把泪地哭诉完，我才知道，他当初大意了，在情书里根本没写李恩源的名字。

我恍然大悟：“怪不得许紫清认准了那是写给她的情书。”

“姜菁菁，你说我该怎么办？”程颢哭丧着脸说道，“我……我没答应要当她的男朋友，可是她都以我的女朋友自居了，我也不敢拒绝……”

对于他的遭遇，我也只能深表同情，然后默默地掏出手机发短信给许紫清。

“程颢在学校外面的麦当劳里。”

许紫清拽着李珂快速赶了过来，程颢刚刚向我哭诉完，在看到许紫清的一刹那，他明显颤抖了一下。

我不敢抬头直视程颢的眼睛，心里默念：对不起，我也是迫不得已的。

许紫清大方地在程颢身边坐下，扬起了笑脸："男朋友，好巧啊！"

刚刚坐下的李珂一个不注意，差点儿从椅子上摔下去，好半天她才缓过来，然后开口："我，我去买可乐……"

我和李珂从麦当劳里逃出来时，她对我竖起了大拇指："做得好！刚才来的路上，许紫清说要把我们当好朋友……"

"什么？好朋友？"

我只觉得，以后大概再也没有安稳的日子了……

03

从那以后，程颢好多次都找我和李珂哭诉，说他在许紫清的"魔爪"下生活得很艰难。可我和李珂在两周的相处中，和许紫清的关系亲密了不少，不过，当着许紫清的面，李珂总是恭恭敬敬地称她"女王"，而私底下却偷偷叫她"乡霸"，原因是那瓶被李珂视为宝贝的阿尼玛香水被许紫清误以为是哪里买的地摊货。

当然，很久之后，我才知道那瓶香水的牌子是阿玛尼，而不是李珂口中的“阿尼玛”。

程颢是那种自己过得不好也见不得我好的人，他发现我和李珂在许紫清的“魔爪”下依旧过得风生水起时，很可耻地告诉了我一个天大的消息——

他苦苦恋着的李恩源有喜欢的人了，那个人就是顾景泽。

程颢说完这个消息就转身走了，我呆站在原地，久久不知道该怎么反应，就连身边的李珂也忍不住紧张兮兮地拽着我的胳膊问：“姜菁菁，你要怎么办？你怎么可能是系花的对手啊？”

这个我当然知道啊！

两天前，我和李珂在冷饮店看到了一个超级美少女，她走在路上就像是会发光，从旁边同学的惊呼声中，我们才知道那个美少女就是李恩源。

不得不说，程颢这个浑小子还是很了解我的，尤其在顾景泽的事上。

如他所愿，在听到那个消息之后的一周，我的心情都极度不好，而这种不好在李恩源正式表白的消息传来之后更加严重了。

许紫清从李珂口中知道了我心情不佳的原因，陪着我趴在桌子上默默地发呆。半个小时之后，她站了起来：“哎哟，不行了！这发呆怎么比听老师讲课还难熬啊？”

李珂在旁边啃着橘子，一副过来人的样子回答道：“等哪天你有了真心喜欢的人，就会明白了。”

许紫清瞪了李珂一眼：“怎么说话的！我现在就是真心喜欢程颢啊！”

李珂差点儿被噎着，好半天才开口：“我，我随口一说……不过，你喜欢程颢什么啊？”

许紫清想都不想，快速回答道：“他是第一个知道我是许紫清之后还敢给我写情书的人。”

我和李珂互相对视一眼，默默地低下了头。

据说程颢和她解释过，递情书的事是一场误会，可最终迫于许紫清的淫威，他自动地收回了这句话，改成了因为自己害羞，所以编造了这样的谎言。

都说命运常常会在给你一巴掌之后再给你递颗糖，果然，很快我就接到了程颢的电话，说是有件大喜事要告诉我。

因为顾景泽的事，我不太想搭理程颢，刚准备挂电话，就听到他在那边嚷嚷：“顾景泽要参加抽象画社团，你要来吗？”

顾景泽的名字总有这种魔力，让我停止了按挂断键的动作，也让我兴高采烈地拽着李珂和许紫清，朝抽象画社团的画室大楼狂奔而去。

而让我没有想到的是，在抽象画社团，我不只见到了顾景泽，还见到了秦晟一。

我刚赶到抽象画室门口，连仪容都没来得及整理一下，就听到里面传来了程颢杀猪般的叫声。

“啊啊啊！”

果然，我和李珂刚闯进去，就看到胳膊被人反拧住、正在哀号的程颢，他嘴里吐出一大串脏话：“你找死啊，我……”

我和李珂对视一眼，趁着身后的许紫清还没有反应过来，率先朝着程颢所在的位置冲了过去。

别误会，我们可不是为了帮程颢，而是想提醒此时此刻正在修理程颢的人快走，要不然被许紫清这个护短的家伙看到就惨了。

“秦晟一！”

“是你！”

在看清楚正在修理程颢的人之后，我和李珂同时愣住了。眼前的美少年蹙着眉头，一只手轻松地拧住了程颢的胳膊，这不是秦晟一还能是谁？

秦晟一大概也没有想到会在这种地方见到我和李珂，他愣了一下，松开了拧着程颢胳膊的手。

“喂！你小子怎么这么蛮横？怎么？想打架啊？”程颢斜着眼睛瞅了瞅刚走进来的许紫清，梗着脖子冲秦晟一嚷嚷。

秦晟一皱了皱眉头，再次上下打量了程颢许久，半天才开口：“刚才是不是很好玩？要不要再来一次？”

程颢这个没出息的，一听这话，立马躲到了我的身后，一个劲地推我：“姜菁菁，上，咬他！”

我还没来得及教训程颢这臭小子，李珂已经面色潮红地看着秦晟一，花痴地说道：“没想到又在这里遇到你，程颢这小子就这副德行，你千万别和他计较……”

许紫清看了看李珂，又满脸疑惑地看向我：“李珂是不是可乐喝多了？”

许紫清一出声，躲在我身后的程颢再次没出息地抖了抖。李珂回头狠狠地朝她翻了个白眼，然后用胳膊肘捅了捅我，示意我快说点儿什么，打破这尴尬的气氛。

我硬着头皮开口："李珂说得对，程颢就那德行……"

"咚！"

话还没说完，我就被程颢狠狠地敲了一下头，他一下子跳到我面前："姜菁菁，你能有点儿良心吗？咱俩从小一块儿长大，我什么事情都帮着你，你怎么和外人站在一条战线上啊？你别忘了，是谁告诉你顾景泽参加抽象画社团这么重要的情报！"

程颢越说越气，挥舞的手简直快要扬到我的脸上，我一把抓住他的手，说道："他是小一。"

"哼，我还老一呢，什么小……小一？"程颢愣了一下，呆呆地转过身，看着比他高了一个头的帅气男生，"他，他是小一？是以前在你家住的小一？"

不得不说，程颢这家伙还是有优点的，起码当知道秦晟一就是小一之后，他们两个很快就冰释前嫌了，而且他还很热情地邀请秦晟一一起加入抽象画社团。

秦晟一犹豫了一下，看了看我，爽快地点头同意了。

之后，李珂一直拉着我悄悄地问关于秦晟一的事。

"他小时候在你家住过？"

"他为什么会去你家住啊？"

第二个问题我怎么也回答不上来，说实话，我到现在也不知道为什么秦晟一小时候会在我家住一年。他刚去青沙镇的时候，我以为他只是亲戚家的小孩子，就像时不时会去程颢家玩的那个小表妹一样。可是后来从青沙镇的人多多少少的闲聊中，以及我爸妈的谈话中，我才渐渐得知，秦晟一和我家是没有任何关系的。

不，如果非要说有什么关系的话，嗯……大概就是爸爸在没遇到我妈之前，曾经喜欢过他的妈妈。当然，这些还是我从程颢他妈那里偷听到的。

在听到这个小八卦之后，我曾经很抵触秦晟一。那时他也刚来我家没多久，但小孩子就是小孩子，柿子事件之后，我对他的抵触一点点转变成了友好。直到他离开我们家，这个小八卦就被我彻底遗忘了，现在李珂的问题竟然让我想起了这件事……

看着正在和程颢说话的秦晟一，他那棱角分明的俊脸上露出一抹灿烂的笑容，我摇摇头告诉自己，那些不过是流言蜚语，别瞎想了。

过去认识的小伙伴久别重逢，对程颢和我来说，都是件很开心的事情。那天之后，秦晟一就加入了我们的行列，抽象画室与其说是社团，倒不如说是我们平时用来聚会的地方。

除了上课、吃饭、睡觉外，其他时间，我们几个都会待在这里。

当然，除了顾景泽是真的在画画，我们几个都是在混着玩，画画什么的，对没什么艺术细胞的我来说，简直是赶鸭子上架。当初要不是因为顾景泽，我是绝对不会参加这个社团的。

可我没想到的是，在抽象画室待了将近一个月之后，我竟然看到了李恩源，对，就是那个系花李恩源。

她出现时，我正坐在顾景泽旁边看他画画，时不时问他一些显得自己没那么白痴的问题，都是李珂和许紫清处心积虑替我从网上搜来的和画画有关的问题。

顾景泽一边在画板上涂涂抹抹，一边耐心地给我解答着那些我完全不知所云的问题。

那天，李恩源推开画室门进来时，程颢和李珂刚去买了零食回来，而许紫清正坐在窗台上和朋友打电话。

从李恩源进来的那一刻开始，程颢的视线就没有从李恩源身上离开过。他提着装零食的袋子，愣愣地站在原地看着她，连李珂捅了他好几下，示意许紫清正在关注他，他都没有发觉。

除了程颢，还有一个看呆了的人，就是我。

我一直盯着李恩源，直到她站在我面前，哦，不，准确地说，是站在顾景泽面前。

“顾景泽。”李恩源的声音都这么好听，“你上次不是说知道一家卖颜料的店吗？方便陪我一起去吗？”

顾景泽看了看已经完成得差不多的画，低头看了看手腕上的表：“好啊。”他站起身，看了看我，“姜菁菁，要一起去吗？你不是也很感兴趣吗？”

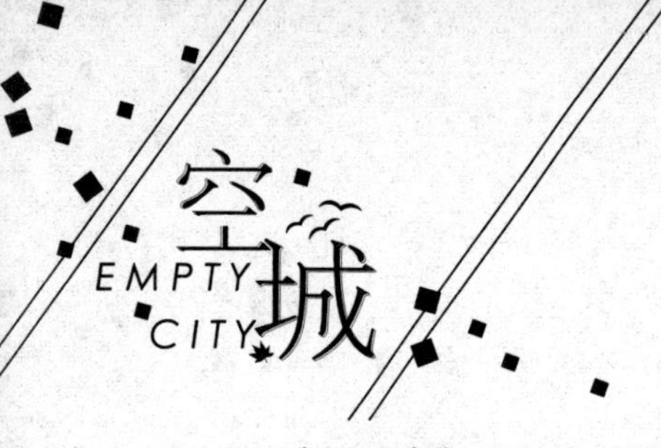


我还没来得及回答，就听到了程颢的声音，他说：“我，我去，我去。”说完，他把一袋子零食扔进我的怀里，一脸诚恳地看着顾景泽：“带我去吧，我最近对颜料很感兴趣！”

程颢说完，就推着顾景泽朝门外走去，根本不给我说话的机会。就这样，我硬生生地把就要说出口的“我也去”咽回了肚子里。

“程颢！”许紫清挂了电话，从窗台上跳了下来，一路追了出去，“你前几天不是还说最讨厌写写画画的吗？”

李珂朝我眨了眨眼睛，然后做了个手势：“我跟着去看看！”

于是，刚刚还有很多人的画室，瞬间只剩下了我和一直站在旁边没有说话的秦晟一，以及几个不认识的人。

“不去吗？”秦晟一走到我身边，把程颢扔在我怀里的零食袋子拎了出来。

我呆呆地摇了摇头。其实我很矛盾，刚才顾景泽问我的时候，我是想去来着，可是想到要和李恩源同行，我埋藏在心底的自卑感就滋生出来。

秦晟一在我旁边坐下，然后看了看旁边顾景泽的画，半晌才开口：“你喜欢他？”

李珂回来之后，绘声绘色地跟我描述了一路上许紫清是怎么把自己的

“乡霸”潜质发挥得淋漓尽致，而李恩源又是如何不动声色地站在巅峰藐视众人的。当然，最后她还像模像样地总结了一句：“其实啊，‘乡霸’一开始就输了，谁让她口中的‘男朋友’程颢喜欢的是李恩源而不是她呢？”

说完，李珂看了我一眼，我当然知道她接下来要说什么，大概是说幸亏我没有跟着去，要不然我绝对是那个出师未捷身先死，还没出战就要裹尸还的人。

看在我这么有自知之明的分上，李珂并没有在这个问题上为难我，而是突然抛出了另一个问题：“我觉得‘乡霸’可能真的喜欢程颢……”

她的话音刚落，我就看到了许紫清，不知道什么时候她已经走进了宿舍，还站在了我们旁边。

她瞥了李珂一眼，问道：“你说谁是乡霸呢？不过，我倒是真的喜欢程颢……”

从许紫清口中听到这种话，我和李珂都吓傻了。我和李珂一开始都以为许紫清只是玩玩的，她虽然比不上李恩源，但还是个漂亮的女生，这样的女孩，追的人自然不少，见过的男生也不少，怎么可能喜欢程颢那种没出息、只会胡闹的男生呢？

所以，我和李珂虽然迫于她的淫威出卖过程颢，但那个时候，我们想的是等她新鲜劲儿一过，觉得程颢没意思了，自然就不会再出现在他身边，当然，也会搬离我们宿舍了。

可是，明显我们俩都想错了。

许紫清为什么会喜欢程颢呢？用她的话来说：“有过想要追我的男生，但是好几个都是在得知我是许紫清之后就滚远了，程颢是唯一一个知道我是许紫清还没有被吓跑的人。”

那是因为他胆小懦弱，怕跑了被你废了！

当然，这句话我没敢直接告诉许紫清，只是在私底下对李珂说过。

李珂这个压根没有过初恋的家伙，还有模有样地给我分析：“爱情，很多时候就是个美丽的错误，所以不奇怪。”

我们并没有再继续讨论下去，因为来接程颢的程叔叔已经到学校门口了，而我要跟着回去。

在快到我家门口的时候，程叔叔突然开口：“菁菁啊，我买了好多菜，不如你去我家吃个饭再回去？”

程颢也大大咧咧地揽过我的肩膀：“就是，虽然你没帮我追上系花，但我不会怪你的！”

我趁着程叔叔不注意，使劲地掐了程颢一下，他痛得龇牙咧嘴，收回了胳膊。

我婉拒了程叔叔的好意，说想回家。就在我准备下车的时候，程叔叔看着我，似乎想要说什么，可最后还是摆了摆手。

家门前停了一辆黑色的小车，刚才坐在车里只顾着和程颢胡闹，我根本没注意。

“妈，我回来了。”

我推开门，忽然发现家里的气氛很不对劲，屋子里超级安静，有一瞬间，我还以为家里没人呢。

可是沙发上明明坐着三个人。

对，是三个人，除了爸爸妈妈之外，还有个烫着大波浪卷发的阿姨。她看起来和我妈妈一样年纪，脸上化着精致的妆，穿着得体雅致的套装裙。

不知道为什么，在看到她的那一刻，我竟然觉得在哪里见过她。

看到我时，我妈脸上露出一抹慌张之色，她站起身说道："中午在这里吃饭吧，我去做……"

大波浪卷发阿姨站起身，仔细地看了看我，最后摇了摇头："要说的已经说完了，我走了。"

她出去的时候，爸爸跟着走了出去，说要送送她。他们的身影刚刚消失在门口，原本还站得好好的老妈突然倒向了身后的沙发，我慌忙跑过去扶她。

半晌，才听到她开口："菁菁啊……"

我紧张地"嗯"了一声，可半天没听到她说下文，许久，她才重新站起来，朝厨房走去："我去做饭……"

至于那个大波浪卷发阿姨到底是谁，爸妈都闭口不谈。吃饭的时候，我多嘴问了一句，得到的却是沉默，倒是我妈脸上的表情立马变得不自然。

我已经不是不懂事的小孩子了，扒了一口饭，便乖乖地闭上了嘴。

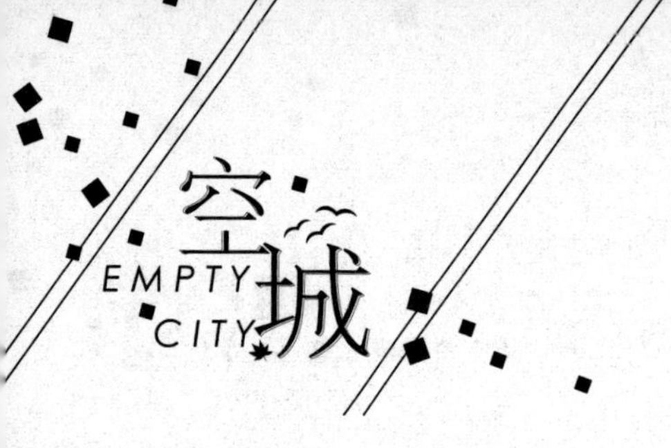


结束短暂的周末，我刚到学校没多久，李珂就兴冲冲地跑到我身边说道："姜菁菁，我刚刚在校门口见到秦晟一了！"

看她的表情，我还以为她见到周杰伦了，这么兴高采烈。

"对了，你还记得以前我跟你说过，我见到过秦晟一和一位阿姨在吵架吗？"李珂把包扔到床上，继续兴致勃勃地问道。

"嗯。"我点了点头，好像是有这么回事。

"刚才我又看见那个阿姨了，原来她是秦晟一的妈妈。"李珂说道，"不得不说，秦晟一长得还挺像她……"

我把洗好的衣服从包里拿出来，叠整齐放进柜子里："这不是废话吗？他当然像他妈啦！"

"可是……"李珂咬了咬手指，不甘心地说道，"我总觉得他妈妈很熟悉啊，好像在哪里见过。"

得了吧，你见谁都觉得很熟悉。

我在心里默默念叨了一句之后，就躺在床上玩起了手机游戏，在我玩着玩着快睡着的时候，忽然被李珂拽了起来。

她说："姜菁菁，走，陪我去买内衣！"

我果断地拒绝了她的要求："买内衣这种事，自己去不就可以了吗？为什么要拉着我？"

李珂并没有放弃，一直拽着我说个不停："不行！我自己去会害羞的，尤其是……尤其是店员问罩杯多大时……"

我实在听不下去了，扔下一句：“只要说拿最小号的不就可以了？这有什么好害羞的，再说，你知道‘害羞’两个字怎么写吗？”

李珂不依不饶地劝说了我半个小时，我只好站起来，陪她去买内衣。

在路过广场的时候，LED屏幕正在播放新闻。

“秦氏集团董事长秦绵，于今天上午召开了记者发布会，对于之前一直流传的离婚言论给予了回复……据说……”

我向来对这种新闻不是很感兴趣，只想陪着李珂赶紧买完内衣，回去接着玩游戏。

李珂却时不时回头瞅一眼大屏幕：“你没听说吗？据说秦氏集团董事的儿子是私生子……”

我白了她一眼：“你啊，要是把这种八卦的心思用到记方向上，就不会分不清东南西北了！”

李珂说道：“这不是我要八卦的，你没看到报纸杂志上都在说这件事吗？我只是听说了而已……”

我懒得再和李珂说下去，拽住她的手，示意她快点儿走。

“啊！”李珂突然停下了脚步，使劲地掐了我一下，示意我回头看屏幕，“姜菁菁，那个人……那个人……”

“又怎么了？”我不耐烦地停了下来，“你到底还去不去买内衣？”

说着，我回头往大屏幕上瞥了一眼……

那个人……

“是秦晟一的妈妈！”

大波浪卷，红唇，熟悉的眉眼……

她不是那天出现在我家的那个阿姨吗？

我绝对不会记错的！

“你……你说她是谁？”我不敢相信地看着李珂。

“秦晟一的妈妈啊！我之前在学校门口看到他们了，我亲耳听到秦晟一叫她妈妈……就说嘛，我怎么会觉得熟悉，前几天的报纸上好像有她……”

李珂下面的话我都没有认真听，小时候青沙镇流传的谣言再一次塞满了我的脑海。

“那个小男孩啊，他是姜怀民的私生子……”

“听说还是个有钱女人生的……”

“是真的，那个女人来送小男孩时，还对着姜怀民哭了……”

那些话语再次在我的脑海里响起，李珂之前的话像是往我心里扔了一颗炸弹。

“据说秦氏集团董事的儿子是私生子！”

还有我妈那天不自然的神色……

一瞬间，我觉得全身的力气都被抽走了，过了好半天，我才打断正在絮絮叨叨的李珂：“我现在要回学校一趟。”

“喂，姜菁菁！”不等李珂回答，我已经转过身，朝学校的方向折了回去。

我现在特别想知道这一切是不是真的……爸爸是不是真的做了对不起

我妈的事，秦晟一究竟是不是他的私生子……

不知道为什么，这个时候我脑海里唯一的念头竟然是找到秦晟一，去问他，而不是打电话质问我爸。

“小一……”我看着站在我面前的秦晟一，好半天才开口，“小一，告诉我，你是不是……我爸爸的……”

“私生子”这三个字我还是没能说出口，我像很多年前那样叫他小一，看向他的眼神里满是乞求。

秦晟一愣了一下，慢慢地走近我，用手拨了拨我的刘海儿。

半晌，他才开口，语气里满是坚定：“姜菁菁，你才不是我的姐姐。”

不知道为什么，看着秦晟一坚定的眼神，我就这么相信了他。他不会对我说谎的，我就是这么肯定。

我悬着的心终于放了下来，连自己都弄不清楚，究竟是因为爸爸没有背叛这个家而放心，还是为秦晟一不是我弟弟而放心。

“喂，姜菁菁，你怎么回事啊？说好了和我去买内……”没过多久，身后传来了李珂的声音，她不放心地追了过来。

不过，在看到我身边站着的秦晟一后，她识趣地收回了即将脱口而出

的“内衣”两个字。

“秦晟一，这么巧啊。”李珂走到我身边，热情地和秦晟一打了招呼，然后一把抓住我的胳膊，低声说道，“姜菁菁，你怎么回事？不是说好陪我去买内衣的吗？怎么跑来找秦晟一了？”

我没打算把那些陈年往事告诉李珂，随便说了个理由：“就是……有点儿事情。”

她还要开口再问，却被秦晟一打断了，他抬起手腕看了一眼手表：“这个时间了，一起去吃饭吧。”

我还没来得及反应，李珂已经快速点头了：“好啊，好啊！”

也不知道这家伙到底多爱凑热闹，宁愿扔下自己的正事，也要跟着秦晟一一起去吃饭。

秦晟一一路上很少开口，大多时候都是李珂和我在说话，李珂问一句，我就回一句。

我一边和李珂说着话，一面偷瞄了一眼秦晟一，不知道他在想什么，眉头微皱。

到达餐厅门口时，秦晟一停下脚步接了个电话。我和李珂率先推门进去了，在靠窗的位子坐下之后，李珂趴在桌子上冲着我笑：“姜菁菁，真的谢谢你啊！”

我有些困惑地看了她一眼。

李珂笑嘻嘻地说道：“因为你，我才能和秦晟一这样的大帅哥一起吃饭，真的太开心啦！”她刚说完，服务员就拿着菜单朝我们走了过来。

“喂！”李珂突然直起了身子，盯着服务员看了很久，在我准备点餐时，她突然开口问，“帅哥，有没有人说过你很像金城武啊？”

点餐的小哥有些害羞地笑了，就在这个时候，秦晟一打完了电话，推开门朝我们走过来。在看到他的瞬间，李珂又改口说：“不过比起金城武，我还是更喜欢帅出自己风格的人。”

这个花痴！我无奈地在心里翻了个白眼，尴尬地冲点餐小哥笑了笑。

秦晟一很快就走到了我们面前，他很自然地在我对面坐了下来，指着菜单询问：“你们都点了吗？”

我摇摇头：“还没来得及呢。”

点完菜，因为秦晟一在，接下来整个吃饭的过程中，李珂都有点儿飘飘然，她凑在我耳边低声说道：“姜菁菁，你说秦晟一会不会是看上我了啊？要不然他怎么会陪我们来吃饭？”

虽说她已经刻意压低了声音，可距离那么近，这些话传进了秦晟一的耳朵里，正在喝饮料的他呛了一下，不自在地掏出手机看了起来。

饭桌上只有李珂在不停地说着话，我和秦晟一鲜少开口，他在玩手机，我在低头猛吃。

吃完饭，他送我们回去。到宿舍楼下时，他突然开口，冲我笑着说：“很久没去青沙镇了，有些怀念呢。”

秦晟一的话让我想起了幼时一起玩耍的欢乐时光，我们两个人不免话多了起来，说了一会儿，他接了个电话，摆摆手表示要回家一趟，我和李珂这才和他告别，回了宿舍。

李珂早已忘记了要去买内衣的事，回到宿舍好久，还在花痴地惊呼着“秦晟一好帅”。

“姜菁菁，真的好羡慕你，和秦晟一那么早就认识了。啊，对了，秦晟一小时候是不是也很帅啊？”李珂抓住我的胳膊，激动万分地问道。

我一时不知道怎么回答，小时候的小一安静、很少说话，他的个子虽然瘦弱，却会保护我，说起长相，我的脑海中却一片空白。

“我不记得了。”我迟疑地说道。

李珂遗憾地撇了撇嘴：“唉，不懂得欣赏帅哥的美貌，简直浪费。”说到这里，她突然想到什么似的，“对了！姜菁菁，你之前跑去找秦晟一究竟有什么事啊？刚才吃饭那会儿，秦晟一一直在看着你。”

秦晟一在看我？不知道为什么，李珂的话竟然让我有些惊慌，我不敢看她的眼睛，站起来朝着洗手间走去：“没……没什么事。”

我从洗手间出来的时候，李珂已经躺在了床上，目光和我对上时，她又八卦地开口：“对了，你说那些传闻是不是真的啊，秦晟一不会真的是……”

“才不是！”我当然知道李珂要说什么，于是不等她说完，我就打断了她的话，“肯定是瞎传的，他肯定不是。”

“你怎么知道？”她抬头看了我一眼。

我没有回答李珂的问题，而是拿起手机，继续玩之前的小游戏。

秦晟一否认了我是他姐姐，就是否认了他是爸爸的私生子，他不会骗我的，我是如此坚信。

# 第三章

03 chapter

EMPTY CITY

## 不再是记忆里的他

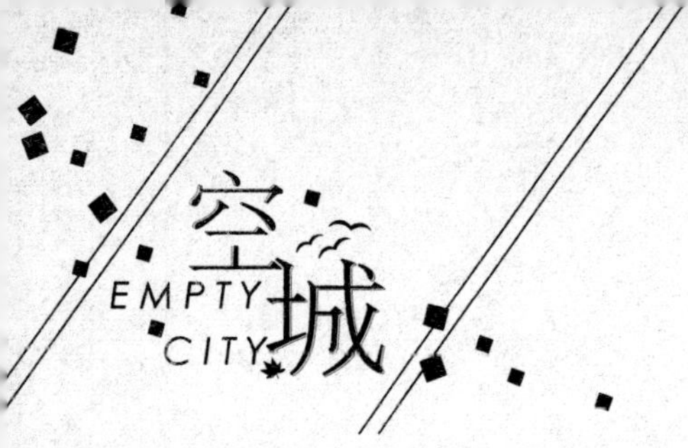


# 空城

来南城的第一个学期已经快要过完了，我却没有逛过这座传闻中繁华的城市，活动范围仅仅就是在学校附近而已。

好几次都和李珂说好，趁着周末一起去转转的，可是每到周末，我就接到爸妈的电话，让我必须回去，每当这个时候，李珂就冲着我笑：“姜菁菁，你爸妈不会是怕你被外星人劫持吧？每周都让你必须回家。”

别说李珂了，有时候我都会有这种错觉。

我还没来得及接她的话茬，一直在低着头发微信的许紫清抬头瞥了我们俩一眼：“外星人？你们真幼稚，都什么年代了，还开这种玩笑？”

许紫清最近不知道怎么了，心情不太好，所以对于她的话，我们都不敢搭腔。

我和李珂默契地看了对方一眼，同时拎起床上的包，扔下一句“我回家了”，就跑出了宿舍。

快速到达学校门口，李珂朝身后看了一眼，确定许紫清并没有跟在我们身后，于是受惊地拍了拍自己的胸口："许紫清最近是怎么了？经常不说话，偶尔说一句，就跟吃了炮仗似的。"

我不赞同地摇摇头："何止是吃了炮仗啊，简直是吃了炸药！"

我们俩歪着脑袋在猜测许紫清到底怎么回事，忽然，身后传来了熟悉的声音："姜菁菁。"

我扭过头，看到顾景泽背着包朝着我们这边走了过来。说来也奇怪，我加入顾景泽所在的抽象画社团也快一个学期了，我们几乎天天见面，可是在看到他的瞬间，我还是有些紧张。

我抬起手，故作轻松地和他打招呼："这……这么巧啊。"

身边的李珂白了我一眼，然后有些嫌弃地开口道："巧什么巧啊，周末要回家，学校门口可是必经之地好吗！"

说到这里，她的眼睛突然"唰"地一下亮了起来："不知道秦晟一回家了吗？你说我要不要也守在这里来个偶遇？"

顾景泽轻轻松松就打破了李珂的幻想："秦晟一早走了，我之前出去买东西，看到他上了一辆私家车。"

李珂失望地应了一声，抓着自己的包，朝马路对面跑去："公交车快来了，我走了，再见！"

只剩下我和顾景泽，气氛瞬间变得尴尬起来。我站在原地，走也不是，留也不是，憋了许久才开口："你回家啊？我……我等程颢。"

"嗯，待会儿一起吧，"顾景泽边说边随意地靠在了校门上，冲我身后喊起来，"程颢，你快点儿！"

我扭过头，看到程颢正背着包朝这边跑过来。这小子不知道到底怎么了，平时见谁都嘻嘻哈哈的，现在却臭着一张脸，尤其是看到顾景泽之后。

奇怪……顾景泽主动开口和程颢打了招呼，结果收到的却是程颢的白眼。

回去的车上，我拽了拽程颢的袖子，压低声音问道："怎么回事？"

程颢白了我一眼，然后掏出手机开始玩起来，这小子，居然敢忽视我的存在！

如果不是这个时候顾景泽也在身边的话，我早和他打起来了……这家伙，我又没惹他，他摆脸给谁看啊！

因为程颢莫名其妙的反应，一路上，顾景泽都没有开口说话，他眉头微皱，紧紧抿着嘴唇，不知道在想些什么。不过，对我而言，这反而是好事，因为这样，我就可以偷偷看他的脸了，而且不用担心突然对上他的目光。

直到车子在青沙镇前面的站牌停下，程颢都没有理我和顾景泽，他绷着一张脸，把手机塞进兜里，快步走了过去。

我跟在他身后，尴尬地冲顾景泽笑道："他每隔一段时间就会这样，臭脾气，你不用管他。"

不知道是不是听到了我的话，程颢突然停下了脚步，转身怒视着我们，哦，不，准确地说是怒视着顾景泽。

在我还没想好说什么来打破这尴尬的气氛时，程颢开口了。

他快步走到顾景泽面前，一双眼睛含满了埋怨，直勾勾地盯着他：

“你不觉得很过分吗？要是不喜欢别人，就明确拒绝啊，一直吊着别人胃口是什么意思？因为你长得帅，就能糟蹋那些傻姑娘的真心吗？”

面对咄咄逼人的程颢，顾景泽还没来得及反应过来，我就率先出手了。我猛地扑上前，一把抓住他的胳膊使劲地掐了一下。

“你瞎说什么呢？走，快回家！”

是的，我天真地以为程颢口中的傻姑娘就是我，他摆臭脸是因为从小和他一起长大的我。

我勉强朝顾景泽扯出一抹笑：“你别理他，他今天肯定……”

“我吊着谁的胃口了？”顾景泽打断了我的话，那么好脾气的人，声音里竟然也有了一丝不耐，目光从程颢脸上移到我身上。

我慌张垂下眼帘，一个劲儿拽程颢的胳膊，再也不敢抬头去看顾景泽，生怕一不小心从他眼里看到厌烦。

不是我让程颢这么做的，真的。

“我……”

“程颢！”就在程颢开口的瞬间，我立马打断了他的话，生怕他再说出什么更过分的话，“不管怎么样，这是我自己的事，喜欢他……”

说最后三个字时，我的声音压得特别低。

程颢一把甩开我的手，伸出手拽住了顾景泽的衣领，我刚准备伸手去拦，他忽然气呼呼地再次开了口：“你再这样对李恩源，就别怪我不客气了！”

我伸出去的手就在这瞬间僵在了半空中。

原来他说的是李恩源，而不是我。

一瞬间，我只觉得又难过又窃喜，难过的是，从小一起长大的程颢转眼间心里就只能容下另一个人了；窃喜的是，他说的是李恩源，顾景泽就不会因为他的举动而讨厌我了。

顾景泽轻轻推开了他的手，眉毛一挑："呃？你是为了李恩源？你喜欢她？"

"要你管！"程颢并没有回答顾景泽的问题，而是随手推了顾景泽一下，有点儿孩子气地撇了撇嘴，这才退回到我身边，一把揽过我的肩膀，"还有，也别这么对我们菁……"

不等他说完最后一个字，我已经对着他的脚狠狠踩了下去，顺带使劲地推开了他。

"哎哟！"他抱着脚，吃痛地冲着我嚷嚷，"姜菁菁，你踩我脚干什么？"

我没回答他，而是趁机对顾景泽摆了摆手，不等程颢追上来，就抓紧背包带快速逃离了这里。临走前我还回头看了一眼顾景泽，他站在不远处冲着我笑，露出了一口小白牙。

程颢那天的举动让我暗自生气了好多天，不只是因为他多嘴，更因为他竟然为了李恩源那么对顾景泽，尤其是到学校看到许紫清闷闷不乐的样子之后，我更生气了。

说来说去，许紫清心情不好都是因为程颢。

面对我和李珂的围追截堵，程颢终于受不了举双手投降了，他拍着胸脯保证，会和许紫清好好说说。在亲眼看见他把许紫清约出去之后，我和李珂连日来那颗不安的小心脏终于恢复了正常。

果然，许紫清回来之后，再没有对我和李珂发脾气，当然她依旧很少对我们两个笑，不管我和李珂在宿舍怎么胡闹，她永远板着一张脸。

这样的她非但没让我和李珂觉得轻松，反而更有压力了。

“这是火山爆发之前的平静。”李珂沉思半晌，得出了这么一个结论。

我拍了一下她的脑袋，示意她别瞎想了，还是赶紧收拾东西撤吧。

是的，我来南城大学的第一个学期就这么结束了，寒假要来了。

回家那天，我再次在学校门口看到了秦晟一，他穿着厚厚的飞行员夹克，整张脸都藏在帽子里，他主动上前和我打了招呼。看到我身后的程颢时，秦晟一越过我朝他走了过去，也不知道他和程颢说了什么，反正回去的路上，程颢这臭小子突然对我献殷勤。

“说吧，怎么回事？”我斜靠在后座上，压低声音不让前面开车的程叔叔听到，“你怎么莫名其妙对我这么好？有什么企图？”

程颢白了我一眼：“你放心好了，我怎么可能看上你？”

这家伙欠揍！

我忍不住狠狠地踩了一下他的脚，他“哎哟”一声，斜眼瞪我：“姜菁菁，你这脾气要是不改，顾景泽怎么可能喜欢你？”

程叔叔一边开车，一边乐呵呵地笑道：“哎哟，菁菁还在喜欢那个姓

顾的小子啊，我记得那会儿就听程颢说起过……”

我咬着嘴唇，盯着程颢。

要不是他，当初我喜欢顾景泽的事情怎么可能闹得青沙镇人人皆知，要不是他，我妈怎么可能怒气冲冲跑到学校，要不是他……

大概是被我的眼神吓到了，程颢猛地咳嗽，示意他爸不要再说了，然后才笑嘻嘻地捅了捅我的胳膊：“小一拜托我好好照顾你来着，说让我对你好点儿，等开学了请我吃饭。你也知道，我虽然不贪图那顿饭，但是朋友拜托的事情，我都会尽力做到的。”

秦晟一？

我不相信地问道：“你说……他拜托你照顾我？”

这也太奇怪了吧……秦晟一怎么会平白无故拜托程颢这种事？

大概是看出来我不相信，程颢赶紧补充道：“反正他就是莫名其妙地说什么寒假时让我多注意一下你，还说不管你家发生了什么事情，都要第一时间给他打电话。对了，他生怕我之前没存他的号码，还特意又说了一遍。”

程颢的话让我更加不解了，我家能发生什么事情啊？

想到这里，我掏出手机给秦晟一打了电话，刚想问他怎么回事，谁知道电话那边并没有人接听。

秦晟一给我回电话的时候，已经是三天后了，当时我正躺在沙发上看电视，在听到手机铃声的瞬间，还吓了一大跳。

“小一啊。”我接起电话，忍不住问出了困扰了自己好几天的疑问，“放假那天，你为什么要对程颢说那么奇怪的话？”

秦晟一“哦”了一声，过了好久才说：“你给我打电话就是因为这个啊，我还以为……”

“以为什么？”听他在那边支支吾吾的，我忍不住开口问道。

“没什么。”虽然隔着电话，但我隐约能听到秦晟一在笑，“我就是看程颢一直惹你生气，想让你过个开心的假期，才拜托他的。”

一时之间，我不知道该说什么。

接下来，他又和我闲扯了几句，问了问我在家的情况。临挂电话之前，秦晟一在那边笑着说道：“真怀念以前在青沙镇的日子啊，以后有时间一定要再去一次。”

他的电话挂断没多久，我就收到了李珂的微信，她说：“姜菁菁，我和你说，我刚才在外面看到许紫清了。”

我随手回了个“哦”字过去，过了许久，李珂的微信又过来了。

“不得了了，我看到许紫清哭了，真的！”

我只当李珂是在和我开玩笑，索性不再理她。

许紫清会哭？瞎说什么呢，那个从认识到现在，性格比男人还要火爆的家伙会哭？你当我是傻子啊。

话虽这么说，但我又怕真的发生了什么，按捺不住好奇心，直接打电话过去，询问李珂到底是怎么回事。

李珂的声音充满了不解：“其实我也不知道，就是碰到她了，想打招呼来着，但是看到她似乎在哭，所以……我也不敢上前了，你也知道的……”

见她也说不清楚，挂了电话之后，我又给许紫清发了微信，不过，

我可不敢说李珂看到她哭了，而是装作正常问候，询问她寒假过得开不开心。

直到晚上，我才收到许紫清的回信，简短的一个字——不！

这个回答让隔着手机的我都能感受到她浑身散发出来的冰冷气息。

说句实话，好不容易迎来没有作业的寒假，并没有让我觉得多开心，因为我爸妈最近行为特别反常，他们总是隔三差五就吵架。准确地说，是我妈在闹，而我却不清楚她到底在闹什么，反正每次听到的都是爸爸刻意压低的声音。

“你先冷静。”

“你让我怎么冷静？她都找……”我妈有些崩溃的声音传来。

我曾在私底下偷偷问过爸爸，妈妈是不是更年期到了，要不然怎么会这么歇斯底里。面对我的问题，爸爸并没有回答，而是微笑着摸了摸我的头。

“别想太多，你妈最近心情不好。”

“心情不好”，简简单单四个字，就可以回答一切疑问，可是，偏偏这个万能的回答让我更加确定我妈是更年期到了。为此，我还上网搜索了一堆与更年期有关的注意事项。

为了让我妈开心点儿，早日走出更年期的阴霾，我想了很多办法，但是都没成功。有次不知道触到了她哪根弦，她直接抱着我哭了起来，一边哭一边说：“菁菁啊，我把你从那么小一点点养到这么大，我舍不得你啊。”

我不知道她为什么会这样，可是她短短几句话也触动了我的泪腺，我任由她抱着，陪她哭，等哭完了，我一抹眼泪，偷偷去找了爸爸。

“爸，我也不是小孩子了，您就和我说实话吧。”

我爸看着我，愣了一下，然后问道：“你都知道了？”

“你们到底想瞒我瞒到什么时候？”我说着说着眼泪再次流了出来，并且一发不可收拾，不管我爸怎么哄我，我都止不住眼泪。

“菁菁，你听我说，我和你妈不是有意要瞒着你的，只是这件事情……我们担心你难以接受，而且……”他叹了口气，伸手帮我擦了擦眼泪。

“就算再难接受，你们也得告诉我啊，老妈生病了，你们不让我知道，这怎么能行？”我推开爸爸的手，哭得上气不接下气，“医生怎么说？很严重吗？是不是很严重？”

我爸的手僵在了半空中：“你说什么？生病？怎么回事？”

这下轮到我蒙了，我们两个大眼瞪小眼，过了许久才弄明白这只是一场误会，我误以为她得了重病，其实并不是。

我这才放下心来，一边擦眼泪一边问：“那到底是什么事，我会难以接受啊？”

爸爸看着我愣了许久，最后和往常一样摸了摸我的头，叹了一口气：“菁菁啊，你要好好听你妈的话。”

就这样，我们之间的对话仓促地结束了，一肚子疑惑都没来得及解开，我们家就这样迎来了新的一年。

按照青沙镇的风俗，新年是不能掉眼泪的，说是如果掉了眼泪，新的一年就会不顺利。托这个风俗的福，新年期间，我妈终于擦干眼泪，又回到了以往彪悍的模样。

新年快结束的时候，程颢来找我了，他愁眉苦脸地坐在我家门槛上：“姜菁菁，你得救救我。”

“你做的缺德事太多了，我救不过来。”我朝他的背轻轻一踹，他整个人朝着前面扑了过去，待程颢回头要揍我时，我不忘补充道，“刚才那一摔就当是渡个劫，抵消一件缺德事，说吧，什么事？”

程颢瞥了我一眼，大概是怕我再次踹他出去，他没再往门槛上坐，而是顺手拉了一把椅子过来在我身边坐下：“许紫清肯定不会放过我，她的小弟会把我往死里揍的，你说我该怎么办？”

他的话吓得我差点儿从椅子上摔下去：“你疯了？你怎么惹那个唯我独尊的小霸王了？”

程颢垂头丧气地说道：“我就是说了自己的真实感受而已，我以前害怕她，没办法拒绝，但我喜欢的是李恩源，我只想成为系花的男朋友，不想做大姐大的男朋友。”

我愣了一会儿，不敢相信地问：“你都说了？什么时候的事？”

他点了点头：“以前我断断续续提起过，所以她才会不乐意，一直给你和李珂脸色看。后来你和李珂让我找她哄哄她，我想既然到这一步了，索性说个明白好了，所以……”

我倒吸一口冷气，原来许紫清那几天板着脸就是因为这个！

我和李珂真是福大命大，没有被她拍死在宿舍真是够幸运了。

程颢看我不说话，伸手扯我胳膊："姜菁菁，你和许紫清好歹也是好朋友啊，就不能帮我和她说说吗？"

我帮他？程颢这小子也真是的，我现在都快自身难保了。我根本没办法想象，开学之后要怎么面对许紫清。

"姜菁菁。"他不死心地拽着我，"就看在我们从小一起长大的分上，帮帮我吧？"

我特别理智地甩开了程颢的手："让我帮帮你？程颢，你自己惹了她，还要把我往火坑里推，不，坚决不！你干吗对她那样说啊？你也不想想，许紫清那个小霸王哪里被人拒绝过？你还是做好被打残的准备吧！"

我的话音刚落，他猛地从椅子上站了起来，然后冲着我嚷嚷："姜菁菁，你怎么可以这么自私？我喜欢的是李恩源，我对许紫清说了实话，我有错吗？啊？

"要是我明知道你喜欢顾景泽，还让你跟别人在一块儿，你能接受吗？"

"这不是一回事！"

"这怎么不是一回事？"程颢猛地瞪大了眼睛。

"如果是我，就算别人怎么逼我，我都不会和除了顾景泽以外的人在一起！"

我气得七窍生烟，大吼出声。

刚吼完，我就看到了突然出现在院子里的妈妈。她目瞪口呆地看着

我，同样目瞪口呆的还有我身边的程颢。

完了！

程颢一看大事不好，直接开溜了，于是只留下了我和我妈大眼瞪小眼。

庆幸的是，程颢溜走之后，妈妈并没有问我关于顾景泽的事，而是默默地转过身，像是没听到一样又出去了。

一连几天，我在家都规规矩矩的，甚至做家务活也是前所未有地勤奋。为此，老爸夸了我好几次，说我长大了。每当他说这句话的时候，我都会小心翼翼地看向老妈，确定她脸上并没有其他什么表情，才能放下心来。

都说是祸躲不过，开学的那天早晨，我妈还是敲开了我房间的门，她在我床边坐下："菁菁啊，你上大学了，有的事情我不该多管……"

"知道了！妈，我以后绝对不会……"不等她说完，我赶紧开口打断了她的话，我并不是害怕她反对，而是害怕她再次怒气冲冲跑去学校找顾景泽。

她笑了笑，摸了摸我的头发，半晌才说："如果你在学校遇到了……其他什么人，一定要给我打电话啊，我……"

最后一句话妈妈并没有说完，而是站起身来示意我快点儿收拾，程叔叔今天要去送程颢，我又可以蹭个车了。

我临走的时候回头看她，她站在家门口对着我笑。

上车之后，程颢低声向我道了歉，说那天不该在我家提起顾景泽的。其实说起来，那天也不怪他，他喜欢李恩源又不是什么错事，喜欢这种事情怎么可能勉强呢？

我和程颢和好了，可是我不知道怎么面对许紫清。到宿舍的时候，李珂还没来，许紫清一个人坐在床上玩手机。

我战战兢兢地和她打了招呼，然后开始整理床铺，整个过程中，我们俩都没说话，这种尴尬的气氛直到李珂来才有所缓解。

“姜菁菁，刚才我在学校门口看到秦晟一了，我的天！送他来的那辆车超级豪华！”李珂一推开门就朝我扑了过来，在我示意宿舍还有个人时，她才稍微收敛了点儿。

她把东西往床上一扔，然后在许紫清身边坐下：“你怎么没去见你那个小男朋友？一个寒假不见，不想他吗？”

我正在铺床单的手一僵，扭头朝许紫清看过去。从刚才到现在，我一直不敢开口和她说话，就是害怕不小心说了程颢的事情给她添堵，谁知道李珂这丫头刚到宿舍就触碰了雷区。

“你说谁？程颢吗？”我刚想开口说点儿什么打断这个话题时，许紫清开口了，她满不在乎地哼了声，“那家伙早不是我男朋友了。”

我不敢相信地朝许紫清看过去，她脸上并没有太多表情，在说那句话的时候，甚至像是在说“我不爱吃芒果”一样淡定。

怎么回事？难不成是我预估错误？或许她根本不喜欢程颢，以前只是

闹着玩？又或许经历过一个寒假，她早就忘记程颢了？

“啊？你们分手啦？”李珂高声惊呼，“什么时候的事情？我怎么不知道？姜菁菁，你知道吗？”

李珂这家伙也真是的，完全不会看眼色吗？她把这个问题抛给我的时候，我差点儿从床上摔下去。

“不……”

“大概知道吧。”许紫清瞥了我一眼，“要是不知道，她也不会这么小心了。”

我遮遮掩掩了许久的心思就这样暴露在了大家面前，一时之间，我只想找个地缝钻进去。不过好在许紫清并没有在这个问题上纠缠太久，很快换了其他的话题。

“其实比起李恩源，我更喜欢你来着。”趁着李珂去洗手间的时候，我低声安慰许紫清。

她白了我一眼：“废话！和她比起来，我也更喜欢你！”

因为许紫清的这句话，我本来想说的“程颢那家伙有眼无珠”也咽回了肚子里。

整理完床铺之后，我接到了程颢的电话，他说请我吃饭，让我下去，想了想，他又说让我一个人下去。

大概是害怕许紫清跟我一起，他不好应付吧。

我出去的时候，李珂正好换完衣服，开始了她每天必做的健美操，而许紫清依旧斜靠在床上玩手机。

刚到宿舍楼下，我就看到了程颢，跟他一起的还有秦晟一，在看到我时，这个俊秀的少年勾起唇角笑了。

“姜菁菁，一个寒假你都没有长高啊？”

我白了他一眼：“我已经过了长个子的年纪。”

“哦。”他漫不经心地回了句，“但是感觉又瘦了点儿。”

女孩子最爱听的话无非就是变漂亮了、变瘦了，果然，秦晟一这话一出，我脸上的笑意挡都挡不住。

“应该是瘦了点儿吧。”

但是程颢这个讨人厌的家伙，很快就把我从这种喜悦中拉了出来：“他说的客套话，你也当真啊。”

我瞥了程颢一眼，然后随手指了一下他的身后：“许紫清！”

程颢的脸色瞬间变了，他拍了一下秦晟一的胳膊：“你请我吃饭的事情改天啊，改天！我今天有事，撤了！”

说完，他连头都没敢回，直接朝远处跑了过去，一溜烟就消失在我和秦晟一面前，我嘴里那句“喂，骗你的”还没说出口。

最后还是秦晟一给他打了电话，他才折回来。

因为一个寒假没见，我和秦晟一的话不免多了些，一路上，他都在听我讲寒假发生的事情，在讲到我妈的更年期症状时，他脸上的笑容消失了。

"菁菁，你是该多陪陪阿姨。"

不知道为什么，秦晟一说这句话的时候，我突然想到了我爸那句"菁菁，你要听你妈妈的话"。我笑他说话怎么跟个大人似的，他没说什么，而是笑了笑，然后特别自然地伸手摸了摸我的头发。

他的手修长而白皙，有些陌生，但手心的温度一如当年握住我的手的小一。

我僵在原地，一种特别奇妙的感觉突然在心里滋生。我偷偷抬起头，看向左前方的秦晟一，他好看的侧脸在阳光的照耀下，像是被镀上了一层光圈。

就是在这一瞬间，我才惊觉，眼前站着的高大少年已经不再是我记忆里那个沉默不言的小孩子了。

"怎么了？"秦晟一停下脚步，瞥了我一眼，"嗯？"

"没，没什么。"我不敢抬头直视他的眼睛，慌张地迈开了脚步，朝前面的程颢追了过去。

吃饭的时候，我和秦晟一都不怎么开口，整个饭桌只回荡着程颢的声音。

"你们说，我该怎么办？"程颢愁眉苦脸地看着我和秦晟一，"许紫清那些小弟不会真的找我麻烦吧？我都不敢独自在校园里溜达了，害怕一不小心就被人抓到学校角落里揍一顿。"

看着担心来担心去的程颢，我忍不住告诉了他许紫清那颇为冷淡的反应。

他听了我的话之后，简直不敢相信："你说真的？"

“废话！难不成为了安慰你，我还骗你不成啊？”我夹了一口菜塞进嘴里，“我本来也以为她肯定会生气不开心来着，还想着无论如何也不能在她面前提起你，但是后来李珂这家伙一进门就提了你们俩的事情，原本以为她会生气，谁知道完全没有。”

程颢的小脸都快皱成一团了：“她这个反应代表了什么啊？是不是不会为难我了？”

我瞥了他一眼：“这可不好说，说不定她真的会让小弟们揍你，但有一点是可以肯定的，她压根没把你当回事。”

程颢的脸色并没有变好，倒是秦晟一摇了摇头：“不一定，人的心思哪是这么容易被看穿的。”说完，秦晟一随手夹了块肉放进我碗里，“来，吃肉。”

吃过饭之后，秦晟一把我送到了宿舍楼下，才和程颢一起离开。

回到宿舍，李珂已经跳完了健美操，躺在床上装尸体了，而许紫清却不在宿舍。

我问李珂许紫清去了哪里，她白了我一眼：“乡霸这人要去哪里，怎么可能跟我们说？”

许紫清那天晚上回来得很晚，而且不只是那天，后来连着好几天都是。程颢依旧在躲着许紫清，哪怕我说许紫清不会让小弟揍他，他都不相信，而秦晟一最近时间似乎很多，每天都准时准点地出现在我和李珂身边，陪我们一起吃饭，一起逛街，甚至还请我们去看电影。

我没觉得怎么样，但身边的李珂倒是特别开心，每次都要抓着我的胳

膊激动地喊道："中奖了！中奖了！能和秦晟一这种长得帅的人一起吃饭看电影，简直是中大奖了！"

对于她的惊呼，秦晟一早已见怪不怪了，倒是偶尔和我们在一起的许紫清看不惯，会说她两句，但是以李珂大大咧咧的性格，压根不把她说的话放在心上。

# 第四章

04 chapter

EMPTY CITY

## 担惊受怕的心

01

当初我们一起参加的抽象画社团少了程颢和许紫清，也只剩下李珂这个话痨了，偶尔她不去的时候，画室里特别安静。

我像往常一样抱着画板胡乱涂着，秦晟一坐在我旁边忍不住笑：“你啊，简直是在浪费颜料。”

李珂就是这个时候冲进画室的，她跑到我身边，一把夺过了我手里的画笔丢到地上，拽起我就往外跑：“快，快！李恩源要对顾景泽表白了！”

我稀里糊涂地跑进围观的人群，却发现程颢也在。不只是程颢，许紫清也在，没多久秦晟一也来了。

万万没想到，就这样，当初一起参加抽象画社团的人新学期第一次聚齐了。

李恩源站在那里，手里捧着一个漂亮的日记本，微微侧目，脸上升起绯红："顾景泽，我喜欢你，这是……我所有的心意都写在这里了，希望你能接受它。"

看着她娇俏的脸庞，我的心里竟然有些不好受，任谁也没办法拒绝像她这么漂亮的女孩子吧，更何况人家都说"女追男，隔层纱"呢。

"嘁！"不知道什么时候，许紫清挤到了我身边，她冷哼一声，"你不是也喜欢顾景泽吗？为什么不去表白？"

我瞬间愣住了，是啊，我明明那么喜欢顾景泽，但是……

我为什么从来没想过要表白？或许对我而言，顾景泽就像是一个美好的憧憬，虽然美好，但是不一定非要得到吧。

"抱歉。"顾景泽穿着白色的衬衣，显得气质纯净，他的声音不带一丝温度，"我不能接受。"

说完，他朝站在一边的程颢看了过去。程颢攥着拳头，脸色很难看，顾景泽看了他好一会儿，才扭头推开人群往外走。

上一届系花表白，可想而知围观的人有多少，顾景泽走后，人群不但没有散，反而更多了。大家都伸长脖子，想看系花李恩源被拒绝后会做出什么回应，可她还愣在原地，有一个身影突然推开身边的人，朝她跑了过去。

他看着她，像是看着全天下最珍贵的宝贝一样："李恩源，我喜欢你！"

他的话音刚落，我身边的许紫清眼眶蓦地红了。

没错，那个人就是程颢，一心想要成为系花男朋友的程颢。

我回头看着极力忍耐的许紫清，突然想到了秦晟一那天说的那句话，没错，人的心思哪里是那么容易能看穿的啊……

我感慨万千地扭过头，正好对上秦晟一的眼神，不知道为什么，他的眼神里带着我看不懂的情绪，还没来得及仔细辨别，他就低下了头。

“我们走吧。”我紧张地抓住身边的许紫清，试图带她离开这里。

人群因为程颢的突然出现又开始热闹起来，甚至有人带头喊起来：“在一起，在一起，在一起！”

这三个字却像是深冬的冰锥，狠狠地刺在许紫清身上，我想要把她拖走，不想让她看到接下来的一幕。因为我知道，不管李恩源接不接受程颢，许紫清都要难过好一阵子。

许紫清挣开了我的手，站在原地一动也不动，直勾勾地盯着人群中央的程颢。

李恩源咬着粉嫩的嘴唇，看了看周围的人，又看了看程颢，把刚刚那个本子抱在胸前，冲出了人群。

起哄的人终于获得了满足，他们哄闹着离开了，好像看到了什么值回票价的精彩喜剧。最后，只剩下程颢一个人……不，还有我们站在那里。

许紫清朝程颢一步步走了过去，她的背挺得直直的，像是一个真正的女皇。

“你就那么喜欢她？”她的声音不大，却还是传到了我的耳朵里。

程颢低着头不说话。

“她到底哪里好？值得你这么喜欢？”

程颢终于抬头看向许紫清，因为隔得有点儿远，一时间我看不清楚他的表情，只听到他的声音。

“她漂亮，她是系花。”

程颢这句话刚说完，我身边的李珂就咽了咽口水，有些紧张地抓住了我的手：“程颢会被许紫清揍吧？”

我也觉得是。

可是，现实之所以很精彩，是因为很多时候和我们的想象有所不同。

“那我也不差！”

许紫清大声喊出了这句话，我和李珂都愣住了。

说句实话，许紫清这话还真没瞎说，她长得的确不错，甚至可以用“好看”来形容。

这话从她自己嘴里说出来，我们还真的没有想到。

不只是我们，估计程颢也没有想到，隔着这么远，我都明显感觉到他的身体僵硬了。

沉默，长久的沉默……就在我和李珂准备上前打破这沉默时，程颢开口了，他说：“是，你是长得不错！但是李恩源说话温柔，从来不会对别人吆喝，不凶，不暴力。”

他咽了咽口水，又补充道：“至少她从来不让我觉得害怕。”

程颢不知道，他最后一句话的杀伤力堪比之前所有的总和，他在告诉许紫清，他害怕她，所以没办法喜欢她。

许紫清盯着程颢看了好久，然后转身离开了。我和李珂一看大事不好，只好扭头追了过去，临走之前，我对身边的秦晟一说了句：“程颢就交给你了。”

他朝我点了点头，似乎有什么话要说，最后却什么也没说。

受了伤就会躲回家里，这似乎是人的本能，学校离家又太远，所以许紫清能躲的地方自然是宿舍。

我和李珂跑到宿舍的时候，她已经把门反锁了，任凭我们俩怎么敲门，她都不开。

“姜菁菁，你说许紫清不会想不开做傻事吧？”李珂抓住我的胳膊，担忧地嚷嚷。

我看着那扇冰冷的门，许久才摇了摇头：“我也不知道。”

和许紫清认识大半年，我直到今天才知道，自己一点儿都不了解她。从前，我只当她是个天不怕地不怕、根本不会把别人放在心上的小霸王，可是直到如今，我才明白她更像是那个刺青——被刺包围的玫瑰。

“许紫清！许紫清！”李珂一看我摇头，有些慌了，开始拍打面前的门，“许紫清，你别想不开啊！”

“你别做傻事啊！不就是一个男生吗？程颢那么肤浅，有什么好的啊？你要好好活着，以后才能遇到比他好、比他优秀的人啊！”

看着李珂拍得通红的手，我二话不说，扭头就朝楼下跑去，宿管阿姨那里可以拿到宿舍的钥匙。

我还没跑到楼梯间，就听到李珂的声音：“姜菁菁，回来！门开了！”

我扭头看过去，李珂一手推着门，冲我拼命嚷嚷。

许紫清开门的原因很简单，她说就李珂那大嗓门，如果再不开门，恐怕过不了多久，全校的人都要以为她因为失恋想不开了，这有损她的一世英名。

李珂站在她身边扭捏半天，才开口：“对不起啊，我……我也没办法啊，虽然你平时又凶又霸道，我和姜菁菁一点儿都不想让你在我们宿舍待着，但要是你真的想不开了，我会很难过的，呜呜呜……”

说着说着，她没出息地哭了出来，站在一边的我也是，根本说不清楚为什么，就是觉得好难过，好想哭，眼泪顺着脸颊慢慢滑落下来。

看我们俩这么哭，许紫清也忍不住了，她边哭边骂我们：“你们两个傻子，我一点儿都不想在别人面前哭，就是怕你们看到我流眼泪，才躲回宿舍的。好不容易忍住了，现在又这样！都怪你们俩，我失恋了还没哭呢，你们哭什么……”

她虽然嘴上抱怨我们，可还是伸手搂住了我们的肩膀，就这样，我们三个抱在一起，痛痛快快地哭了好长时间。

我们和许紫清相识半年多，这半年多里，一起住，一起玩，都没能让我和李珂把她当成真心的朋友，我们心里对她更多的是害怕。可是因为程颢这么一胡闹，我们抱着哭了一场之后，原来隐藏敬畏和害怕的心就这样靠近了。

许紫清一边拿纸巾递给我和李珂，一边嫌弃地说："快把眼泪擦了，要是让别人看到了，还以为我们怎么了。"

我和李珂接过纸巾，一边擦眼泪，一边看着对方笑。

"还有……"许紫清擦干了自己脸上的泪水，又抬头看我们，"原来你们那么讨厌和我一起住啊？"

我和李珂脸上的笑容瞬间僵住了，尴尬地直摆手："没有，绝对没有！"

"刚才你不是说了吗？"许紫清白了李珂一眼，"还说我又凶又霸道？认识这么久，我什么时候在你们俩面前又凶又霸道了？"

她这么一说，我和李珂有些心虚地低下了头，这么一想还真是，许紫清除了偶尔毒舌之外，真的很少对我和李珂凶。

"主要是，主要是，我们害……"我刚准备说我们害怕她，突然想起之前程颢说的那句话，慌忙换了其他的词，"我们这是敬畏你、崇拜你！所以才……是我们错了。"

我和李珂特没骨气地说了很多恭维话，她这才原谅了我们，最后还补充道："这个宿舍是我们的宿舍，是我们三个的宿舍！"

对于她的话，我和李珂自然是无条件地点头了。

后来，许紫清准备去洗手间洗把脸的时候，我接到了程颢的电话，他在那边压低声音询问我，许紫清现在怎么样，是不是真的在生气。

一时之间我很难回答，说生气，好像也没有，不过肯定是很伤心的，所以我压低声音回答道："应该还好吧……"

挂掉电话后，李珂忍不住翻了个白眼："不行，为了许紫清，怎么着我们得和程颢绝交两天吧？"

这个决定获得了我的支持，后来被许紫清知道后，她翻着白眼说我们幼稚。话虽这么说，她还是特意请我们俩吃了好吃的，来感谢我们的决定。

不过，也不知道程颢这小子吃错了什么药，我都明确表示要和他绝交两天，他还缠着我询问许紫清的状况。

我不想理他，冷哼一声准备离开，谁知道程颢并不放我走，他耍赖似的站在前面挡住了我的去路："姜菁菁，从小到大，你有什么事，我都二话不说马上帮你，怎么现在你就对我这样啊？我又没让你上刀山下火海，就问问许紫清现在怎么样，你都不告诉我！"

我只当程颢这样打听许紫清的状况完全是因为担心自己被打，于是鄙视地扬起了脸："你要是有时间，还不如去关心那个漂亮的系花李恩源呢！"

也不知道怎么回事，我的话刚说完，程颢就气鼓鼓地甩手离去了，临走之前，他还不忘回头瞅我一眼："姜菁菁，你不仗义！"

哼，我就是太仗义了，才决定和你绝交的！

## 03

表白事件男女主角一炮而红，作为主角的李恩源，也在学校引起了热议，而事件男主角顾景泽所在的抽象画室，瞬间成为了围观群众的聚集地，每天都有一群好奇的同学溜到社团，一道道探究的目光透过窗户锁定在顾景泽身上。

不用想也知道他们在说些什么，说来说去无非就是“那个就是拒绝了系花的男生”“长得好帅哦”这样的话。

顾景泽并没有因为这些事情受到干扰，他一心一意地完成自己的画。反而表白事件的配角程颢却受到了困扰，因为大家看完男主角之后，自然会把目光放在同样抱着画板但是双眼无神的程颢身上。

“许紫清怎么不来画室？”程颢有些头疼地看了一眼外面围观的人，压低声音问我。

他真是太奇怪了，明明都拒绝了许紫清，跑去向李恩源表白了，现在干吗管人家来不来画室啊？

绝交两天的时间到了，于是我好心地说道：“你都拒绝许紫清了，她现在不想看见你，不是很正常吗？”

不知道程颢发什么疯，刚刚还昂着的脑袋瞬间垂了下去：“她……我……烦死了。”

我有些好奇地看着他，也不知道他到底在烦什么，许紫清不纠缠他了，不正是他想要的吗？

“看到了吗？这就是犯贱，以前许紫清缠着他，他巴不得许紫清赶紧消失，现在人家不理他了，他又开始关心许紫清了。”李珂偷偷凑在我耳边说道。

她的总结听起来有那么几分道理，不过被程颢听到之后，他又跳脚了：“你懂什么！”

李珂白了他一眼：“我什么都懂！哼！”

一连几天，程颢的心情都非常低落，我实在忍不住，问他怎么了，他说他后悔了，现在特别后悔。

我瞥了一眼外面正在围观的人，瞬间明白了，这小子肯定是在后悔那天表白被拒，然后被人围观这件事。

不过说起来有点儿奇怪，程颢明明因为围观群众烦躁得要命，但每天还是会按时来画室，这完全不像他的作风啊。

对于我的困惑，李珂给了合理的解答。

“你懂什么？程颢表面上说着不乐意不开心，其实心里美着呢！他啊，巴不得那些女生天天趴在窗台上看他呢。”

李珂的话音刚落，坐在她附近的程颢马上暴跳如雷。

“李珂，我也没做什么对不起你的事吧！我被一群人当成猴子似的看来看去，你不帮我赶走她们就算了，还这样说我？”

李珂斜眼看了他一眼，不甘示弱地回道："我说错了吗？你要不是心里美着，干吗天天跑这里来找罪受？你要是想躲她们，有的是地方，男生宿舍不让你待吗？还是教室不让你待啊？"

被李珂这么一说，程颢顿时闹了个大红脸，他一时之间不知道怎么反驳，干脆抓起我的胳膊："姜菁菁，你来说。"

我还没来得及回答，秦晟一就一把将我从程颢手中拉了过去，他站在我身边，笑眯眯地看着程颢："你们俩吵架别让菁菁掺和啊，这家伙最近心里也不好受。"

顿时，画室里的人齐刷刷地看向我。

"她？她整天乐呵呵的，心里能有多……"程颢很快就住嘴了，因为他忽然看到了顾景泽，同样，李珂也在看顾景泽。

被无数如白炽灯般的视线盯着，怎么可能感觉不到？

所以在几秒钟之后，顾景泽也抬起头来，困惑地问道："怎么？跟我有关系吗？"

一瞬间，我胆怯了，猛地推开秦晟一朝外面跑去："我想起来了，许紫清刚才打电话让我回宿舍呢，先回去了！"

我就这样随口扯了一个谎，快速逃离了这个即将陷入尴尬的地方，傻子才想成为下一个故事的女主角呢！

不过，直到跑出去之后，我才明白过来，我之所以会跑掉，完全是因为心里有个不一样的声音，虽然不知道那是什么，但是和顾景泽并没有关系。

我一边快速朝着宿舍跑，一边给许紫清打电话，希望她帮我圆这个谎。

她的手机铃声从宿舍里传了出来，我站在门口时，心里不由得窃喜……看来是上天助我。

不等许紫清接起电话，我就快速推开了宿舍门。

然而，我没想过映入眼帘的会是这样一幕——许紫清正坐在床上拿热毛巾敷脸，她面前的桌子上放着好几瓶药膏，露出来的胳膊上能看到淡淡的青紫色伤痕。

“你怎么了？”我关上宿舍门，赶紧跑到她的身边。

“没，没事。”许紫清似乎没想到我会突然回来，她也吓了一跳，把整张脸都埋进了毛巾里。

“到底怎么了？”我一把夺过她手里的毛巾，这才发现，她白皙的脸上还有两道青紫色的伤痕，看上去触目惊心。

知道瞒不下去了，她抬头冲我笑：“就是在外面看到有群人欺负一个小女生，实在看不下去就起了冲突，我一个人敌不过，所以被打了几下……”

这时，许紫清的手机再次响了起来，她接了起来：“哦，查到那几个人是哪个学校的了？一大群人欺负一个小女生，你说我能不管吗？”

我看着正在打电话的她，轻轻叹了口气，顺势在她旁边坐下，小心翼翼地给她另一只胳膊涂药膏。

“找到是哪所学校就行了，周末去堵他们，怎么可能那么轻易就饶了他们！”大概是被我碰到了痛的地方，许紫清忍不住咧了一下嘴，但很快又恢复了刚才的语气，“好，那就这样，拜拜。”

她挂了电话之后，冲着我笑：“那群浑小子，周末这个仇我一定得报。”

我手上的动作顿了顿，许紫清长了一张多么清秀可人的脸蛋，如果不是脸上那两道瘀青，根本没办法把她和“打架”联系起来。

我想了想，还是把心里话告诉了她，我希望她以后不要再这样，遇到看不过去的事情，帮忙报警就好，没必要把自己搞成这个样子，更没必要在被打之后还要故作坚强。我被我妈拿扫帚打几下，都要疼得哭爹喊娘的，更何况是被打成这样，怎么可能不疼？

许紫清的眼眶蓦地红了起来，她看着我，半天才开口：“姜菁菁，说实话，被打真的很疼，特别疼……可是，我也发过誓，以后不会再当个弱者，不会再让自己身边的人受到伤害！”

话匣子一打开，许紫清就告诉了我她的故事。

小时候，她因为性格懦弱，曾让自己最好的朋友受欺负，最后不得不转校离开，从那个时候起，她就发誓，决不允许自己身边重要的人再发生那样的事情。

后来，她真的做到了，只是这里面包含了多少无奈、心酸，旁人根本无从得知。所以，那天程颢说害怕她，许紫清才会那么伤心……她自以为可以保护身边的人，却被自己喜欢的人害怕，那一刻她该有多心酸……

这样想着，我突然有些心疼起她来。

“啊，对了。”许紫清说完之后，又强调道，“我被打的事情，你不许告诉程颢，绝对不许。”

我点了点头，答应她不会说的，可不知道为什么，程颢还是知道了。

他在我们宿舍楼下等了一下午，让我和李珂想办法把许紫清带下去，不过，小霸王自己不愿意下楼，我和李珂哪里会有办法。

谁知道她不下去，程颢就不走。

本来程颢走不走对于我们而言都无所谓，但是许紫清刚刚接了个电话，要出去找自己的小弟，必须经过宿舍楼下，她实在不想让程颢看到自己这个样子。最终还是李珂机智地想到了一个办法，她说不如我们俩先下去，找个借口带走程颢，然后许紫清再出去。

商议好之后，我和李珂就率先下了楼，结果到了楼下，不管我们怎么威逼利诱，程颢始终不肯挪动一步。

双方僵持之下，李珂首先败下阵来，她说她实在不想把时间浪费在程颢身上，她要去外面看看帅哥。说完，她立马撤了，留下了我和程颢站在原地大眼瞪小眼。

李珂走了没多久，我就收到了她的短信——

“姜菁菁，好歹你和程颢是一起长大的，肯定会有办法，一定要完成任务哦！”

我无奈地叹了口气，还没来得及回她，又收到了许紫清的短信。

“姜菁菁，你们俩倒是快点儿搞定啊！”

程颢歪着头，目光快速地从我手机屏幕上扫过，然后咳了一声："姜菁菁，是许紫清吧？"

我赶紧把手机藏到身后："不，不是……"

"我都看到了。"他冲我嘿嘿一笑，然后转身就走，"在这里站了这么久，有点儿饿了，我出去吃点儿东西。"

我心里一喜，趁机给许紫清发了短信，然后跟了上去："你不等她了？"

面对我的疑问，程颢并没有回答，他只是往前走了好几步，站在旁边的树荫下，朝我伸出了手："你的手机借我用一下，我给小一打个电话，我的手机没电了。"

然而，程颢从我手里拿过手机之后，根本没有打电话，而是随手把手机塞进了自己的口袋里。

他冲我嘿嘿一笑："姜菁菁，许紫清给你发短信是在催你，让你把我带走吧？她有急事？是不是要出去呀？"

"你，你怎么……"话说一半，我才惊觉自己刚才中了招，然后硬生生地把后半句吞了回去，"你怎么能瞎说呢？根本……没有这回事。"

"是吗？"他往身后的树上一靠，"那我们就在这里等吧。"

直到这时我才明白，我被程颢这小子骗了！他早就猜到了我和李珂的用意，正巧李珂这个花痴撤了，他就想出了这样的办法对付我。

“程颢，再怎么说，我们都是一起长大的好朋友，你竟然这么对我！”

面对我的盛怒，程颢压根不放在心上，他冲我摆了摆手：“姜菁菁，你要是真记得我们是一起长大的，就不会帮别人不帮我了。”

我一时之间不知道如何反驳他，只好站在他旁边，不安地看着宿舍大门。

没过几分钟，许紫清就朝着我们这边走了过来，她戴着一顶黑色鸭舌帽，并没有看到躲在树后的程颢。

正在这时，被程颢塞进口袋里的手机响了起来。

“我的手机……”

听着熟悉的声音一遍又一遍响着，好似猫的爪子在我心里挠，可还不等我反应过来，程颢就一跃而起，猛地朝许紫清冲了过去。

“许紫清！”他伸出手，拿掉了许紫清头上的帽子。

许紫清呆呆地看着突然出现的程颢，僵了好几秒，才从他手里抢回帽子，往头上一戴，想从他面前逃走。可程颢这个家伙，平时不开窍的脑袋突然今天有用了，也不知道哪来的勇气，张开双手，就拦住了面前的许紫清。

程颢口袋里的手机还在不停地响，我前几天刚刚换的那首抒情歌曲唱了一遍又一遍，就好像是特意给他们播放的。

我绞尽脑汁，想着要上去说点儿什么，忽然，许紫清抬起头，看着比自己高半个头的程颢，说道："是不是听说我挨打了，心里乐开了花啊？所以非得亲自来看看才行？现在看到了吧？我可以走了吧？"

她的声音带着一丝颤抖，如果不仔细听，根本听不出来。

"是！"程颢赌气地往旁边退了一步，示意她可以走了，"我看过了，你走啊。"

许紫清怒气冲冲准备走的瞬间，他又低声说道："你一个女生做什么不好，非得去跟人打架？"

他的声音虽然低，但还是传进了许紫清的耳朵里，她突然扭过头，朝这边跑了过来，猛地推了一下程颢："是啊，我一个女生做什么都不好，就是非得去跟人打架，跟你有关系吗？要你管吗？"

我那响了一遍又一遍的手机就在这个瞬间彻底陷入了沉寂，我不安地朝着程颢的兜里看了一眼，生怕他们俩一言不合打起来，弄坏了我的手机。

程颢没说话，许紫清却不依不饶地冲着他吼："你来这里拦着我，就是为了看我笑话吗？程颢，我才不是李恩源那种柔弱的女生，绝对不会在你面前掉一滴眼泪。怎么样？失望了吧？"

虽然她这么说，可早已双眼通红，我看不下去，只想冲过去把程颢揍一顿。

可是，奇迹般的一幕出现了！

程颢伸手抱住了许紫清，说道："是，你不是李恩源那种女生，你不会在我面前掉眼泪，你不温柔，你性格不好，还暴力，可是……”

他顿了顿，又开了口，那句话落在我耳朵里的瞬间，我甚至有些怀疑眼前这个人真的是程颢吗？是那个不学无术、满口胡诌、连第一封情书都是抄来的程颢吗？

他抱紧了眼前的人，声音低沉而压抑：“可是，你是许紫清啊，是我明明害怕却还是想要见到的许紫清啊。”

直到此刻，我才明白前几天在画室的时候，程颢口中的“后悔了”到底是怎么回事，原来他并不是后悔表白丢脸，而是后悔拒绝了许紫清。

这家伙反应也太迟钝了吧！直到许紫清远离他，他才弄懂自己的那颗心。

突然的表白让我们都愣住了，许紫清怔怔地看了他一会儿，刚刚还说不会在程颢面前流一滴眼泪，转眼间就躲进他怀里大哭起来。

我站在他们身边，见证了这场爱情轰轰烈烈的开始，还没来得及发表感慨，就忽然听到身后传来了李珂气喘吁吁的声音。

“姜菁菁，不好了！秦……秦晟一……他被绑架了！”

“砰——”

耳边仿佛响起一声惊雷，划破了长空。

我扭过头，不敢相信地看着李珂，她跑得上气不接下气，惊慌地扯住我的胳膊。

“快，快点儿！他……他被强行拖上车了……”

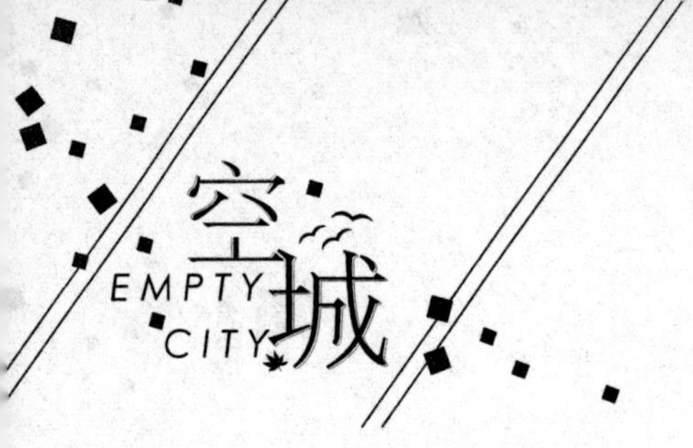

05

我用了短短几秒钟来接受李珂带来的消息，反应过来后，猛地朝程颢伸出了手：“手机！手机给我，我得报警啊！”

“怎么办？”李珂哭丧着脸，“刚刚在校门外，我想和他打招呼，就看到他被拖上了车，强行拖他走的那个人穿着军绿色的套装，胡子……有胡子……啊……还有……车，车……车是面包车，我记得牌照是56还是57……”

她一边说，一边抓住我的手：“怎，怎么办……”

许紫清走过来，扶住李珂的肩膀：“没事的！快报警，警察肯定会帮我们找到秦晟一的！”

我哆哆嗦嗦地从程颢手里拿过手机，试图报警，谁知道手指却不听使唤。

“等一下，姜菁菁！”就在这个时候，身后忽然传来了顾景泽的声音，我被这突然响起的声音吓了一大跳，手机直接掉在了地上。

“你看到的是银白色面包车吗？牌照里有5和6？”顾景泽从我身后跑过来，他一边帮我捡手机一边询问李珂，在看到李珂点头之后，他的脸色蓦地白了。

“我知道秦晟一被带去哪里了。”他把手机放到我手里，顺手拿出自己的手机，走到一旁拨了个电话。

他的声音压得特别低，我也只能隐约听到一些字眼："在哪里……现在就见面吧。"

挂了电话之后，顾景泽拍了拍我的肩膀："你们别害怕，我会带秦晟一回来的，一定会。"

"不过，先不要报警好吗？相信我一次，就一次！"他盯着我的眼睛，语气带上了一丝乞求，"我一定会把他平安带回来的！"

我看着眼前的顾景泽，心里有些犹豫，虽然我很想相信他，可是……可是小一家那么有钱，如果坏人绑走了他，虐待他怎么办？

他看出我的犹豫，苦涩地笑了笑："我去带他回来，马上就回来！"

我看着他的背影，最终还是拿起手机报了警，我不能拿小一的性命做赌注。

报警后没多久，我就在学校门口看到了秦晟一的妈妈，她果然就是之前那个在我家出现过的阿姨。她应该是接到了警察的询问电话才过来的。

她朝我们走过来，直勾勾地盯着我："之前是你报的警？"

我点了点头，正想让李珂把自己看到的告诉她，谁知道她听完后，只是看了我们一眼，就拿起手机大步走出了校门。

我们几个都愣住了，一起跟了上去，走近了才听到她在打电话。

"警察那边，你们想办法，记住别让这种小事出现在新闻上，给公司招来非议。"

整个过程中，她都一脸平静，我站在她身后，看着她那张精致的脸，

突然觉得心寒。

儿子被绑架了，她却说这是小事？

我强忍住心底的怒火，尽量平静地等她挂掉电话，这才开口：“小一被绑架了，您一点儿都不着急吗？您就不怕……不怕……您是他妈妈，怎么能这样？”

李珂在一边使劲地拽我的胳膊，示意我别再说了，可是那些一直忍耐的话不受控制地全部跳了出来。

“您这样，有什么资格当他的妈妈？”

她上下打量了我很久，像是没有听到一样说道：“报警的事，等下小一回来自己会处理，你们就不用再管了。”

“还有……”她顿了顿，随手掏出包里的墨镜戴了上去，“我知道，他不会有事的。”

说完，她迈着高傲的步伐走向了一直停在那边等她的车。

程颢看着她的背影，忍不住“呸”了两声，倒是许紫清站在一边握着我的手，劝说道：“她毕竟是秦晟一的妈妈，又那么厉害，她既然那么说了，就证明秦晟一肯定没事，你们别太担心了。”

我低头看着手机里的未接来电，久久不言，那些号码都来自一个人——秦晟一。

他被绑架前在给我打电话……

幸好，没多久我就接到了秦晟一的电话，我握着手机，听到他熟悉的声音，一瞬间眼泪就掉了下来。他说自己没事，让我别担心，还说他马上回来。

挂了电话没多久，我又收到了顾景泽的短信，他说：“姜菁菁，我说了会带他回来，就一定会带他回来。”

警察来的时候，顾景泽已经把秦晟一带回来了，他率先开了口：“抱歉，这是场误会……”

秦晟一的话音刚落，所有人都惊呆了，包括他身边的顾景泽。顾景泽从刚刚开始就心情低落，似乎想要说什么，但最后只是和我们站在一起，看着警察离开。

“秦晟一，我……”警察走远之后，顾景泽转过身，将目光投在秦晟一身上。

“过去了就算了。”不等他说完，秦晟一就摆了摆手，终止了这没头没脑的对话。

除了他们两个，我们都一头雾水，可是就算再不解，我也没法相信，这场吓坏了我们所有人的绑架，仅仅靠顾景泽一个人的力量就把秦晟一带回来了。可是，就连秦晟一本人也说是一场误会，我们根本没有打听真相的资格。

秦晟一并没有说什么，只是看着我们笑道：“没事了，让大家担心了。”

李珂实在忍不住，抱怨了一下秦晟一他妈妈的事，我原本以为秦晟一会因为这个而难过，可谁知道，他脸上的表情根本没有任何变化，只是点点头：“我已经给她打过电话了。”

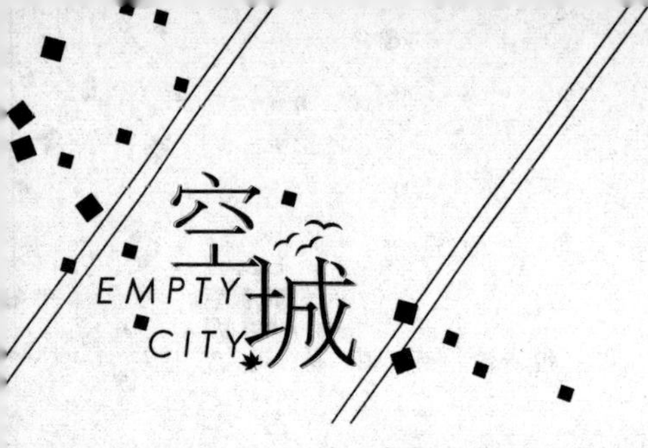


之后，秦晟一像是不想多说，很快就转移了话题。

就这样，绑架事件在许多疑团还未解开的时候，就仓促画下了句号，我们的生活又恢复了以往的平静。

哦，对了，程颢和许紫清在一起了，因为没有亲眼看见表白的场面，李珂有些闷闷不乐，但是转念一想，她觉得当时自己看见的另一件事情也很了不起，于是心理稍微平衡了点儿。

# 第五章

05 chapter

EMPTY CITY

我从未真正了解他

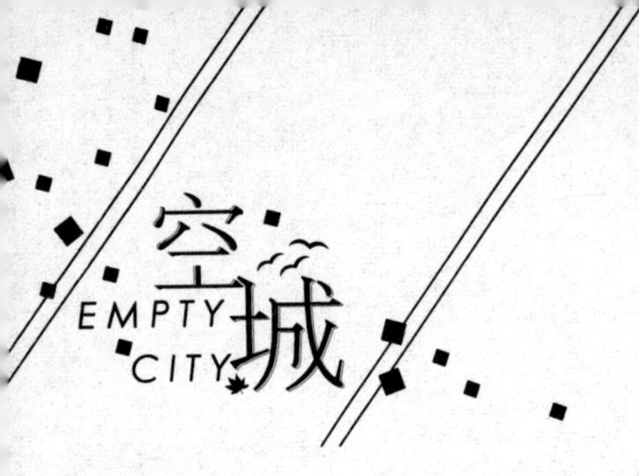


01

“一切是上天注定！”李珂跷着二郎腿，第N次提起那天的事情，“命中注定我就是那个要救秦晟一的英雄！”

正靠在程颢旁边的许紫清忍不住白了她一眼：“得了吧，一件破事你都念叨好几天了！还有啊，什么英雄会被吓得连报警都想不起来，只知道哭啊？”

被许紫清这么说，李珂的脸瞬间拉了下来，但是她又不敢回击，只好转头看我，转移话题道：“姜菁菁，你画的是什么乱七八糟的东西啊？”

“窗外的景色！”我看着被自己涂得乱七八糟的画板，大言不惭地回答道。

许紫清凑过来看了一眼，做出了一个呕吐的表情：“得了，你别恶心我了，这破画看了以后，我早上吃的饭都要吐出来了！”

倒是秦晟一和顾景泽一本正经地夸了我几句，说我想象力丰富，是个可造之材……

周末回家的时候，李珂收拾东西跟着我一起回了青沙镇，她对这个处于南城西北郊却几乎与南城隔离的小镇特别好奇，所以趁机来看一看。

来青沙镇的第二天，我就和程颢一起带着李珂跑遍了我们小时候玩闹的地方——捉鱼的小河，茂密的森林……直到天黑才结伴回家。

快乐的时光总是很短暂，很快周末过完，我们准备返校，因为程叔叔不在家，我们这次要自己坐车去学校。可没想到，在青沙镇路边等车的时候，正好遇到了顾景泽和他爸爸。

顾景泽的爸爸不知道怎么回事，黑着脸，还没开口说话，就朝着路边废弃的木牌踢了一脚。他这个样子，我和程颢以前是见过的，就是顾景泽刚来青沙镇那一年，有次我和程颢去玩，看到他爸爸正在发脾气，甚至还红着脸狠狠踹了几脚门前的树。

当时我吓得躲在了程颢身后，他拍拍我的肩膀示意没事，说他肯定是喝酒喝多了才这样，后来我们也无意间听说过，顾景泽的爸爸有时候脾气不好。

可是，那些传言毕竟也过去很久了，如果不是这次看到他爸爸这样的举动，我肯定不会想起来。

他们两个快走到我们这边的时候，顾景泽开口了："你回去吧，这路我又不是没走过，不用来送我。"

他爸爸忽然提高了音量："是吗？你现在就开始嫌弃我了？想去你妈那里是吧？"

顾景泽皱了皱眉头，声音有些冷漠："你还要闹？"

他爸似乎想要说什么，最终甩手而去。

就在这个时候，李珂紧张地抓住了我的胳膊，她的声音突然变得急促起来，趴在我耳边低声说道："是他……是他……"

我愣住了，还不等我回过神来，她就继续说道："上次绑架秦晟一的人就是他！"

说着，李珂抬起手，狠狠地指向了顾景泽爸爸的背影。

怎么可能？

我慌忙握住她的手："那个人是顾景泽的爸爸。"

"什么？顾景泽的爸爸？"

"他……他为什么要绑架秦晟一啊？"

李珂不敢相信地说道："真的，我没看错，那天……真的是他啊。"

她的话让那些并没有被我淡忘的疑问再一次涌上心头，顾景泽当时有些奇怪的话语，以及秦晟一后来的避而不谈——

他们在共同守护着这个秘密。

只是到底是因为什么呢？

因为李珂的那些话，我们上车后，我都不敢和顾景泽对视。好几次我都想开口询问他，可是那些话在喉咙里打了个转，又被我咽了下去。平常总是叽叽喳喳说个没完的李珂也难得安静下来，她低着头，不知道在想些什么。

程颢很快就注意到了我们两个的反常："你们两个怎么了？不会是吵

架了吧？”

见我们俩不回答，他还以为自己猜对了：“我最受不了你们女孩子了，动不动就闹矛盾不开心，一点儿小事至于吗？有什么事情不能直接说出来啊，憋在心里算什么？”

在他的喋喋不休中，李珂突然抬起头看向顾景泽，问道：“是你爸爸吧？顾景泽，那个人是你爸爸吧？绑架秦晟一的是他吧？”

李珂突然的提问让顾景泽吓了一大跳，他的脸色变得惨白，最终还是点了点头。

虽然刚才已经听李珂说了，可是看到顾景泽点头的动作时，我还是吓了一大跳，更别说什么都不知道的程颢了。

他愣了许久，不自觉地张大了嘴巴：“什么啊？你们在说什么啊？绑架小一的是……怎么可能是顾叔叔？”

“那件事是我爸做的。”顾景泽开口打断了程颢的话，承认了，“之前我就在学校门口见到过我爸，我问他来做什么，他眼神闪躲，不敢看我。起初我还以为是自己想多了，可后来遇见你们，听到李珂的话……

“我一听‘面包车’，就想到了我爸，我爸以前是秦氏集团的员工，可是之后发生了一些不愉快的事……秦晟一的身份大家又都知道……”他看了我一眼，顿了顿又说，“我爸并没有带他走远，所以我很快就找到了他们。在那之前，我爸已经给秦晟一的妈妈打过电话了……

“我爸在秦氏集团待了半辈子，他就是行事冲动，容易激动，不会真的伤害秦晟一的……”

说着，顾景泽的声音越来越弱，像是无力地辩白，我们从不知道真相居然是这样。

顾景泽说完，就把目光移向了窗外："我承认，隐瞒真相是想袒护我爸，可秦晟一为什么也那么说，我不太明白。"

突然发现的秘密沉甸甸地压在我们心上，以至于后来我们几个都一声不吭。到学校的时候，顾景泽突然扭头看我："抱歉……姜菁菁，瞒了你这么久。"

突然和他的目光对上，我吓了一跳，这件事本来和我就没有太大关系，我实在不明白顾景泽为什么要对我说抱歉。

李珂最近有些奇怪，明明一心想要身体柔软的她竟然学起了跆拳道，一有时间就往训练场跑。她不在，宿舍自然就安静了许多，尤其是在许紫清去找程颢之后，空荡荡的宿舍就只剩下了我一人。

我躺在床上抱着书快要睡着时，突然手机响了起来，我拿起来一看，发现是秦晟一。

他问我在做什么，要不要去学校附近的公园转一转。正好我也闲得无聊，对于他的提议自然是同意了，约好在学校门口见面之后，我就快速换了衣服，朝楼下奔去。

谁知道刚出宿舍楼，我就看到站在大树下等待的秦晟一，黄昏的阳光洒在他身上，让原本就俊美帅气的他看起来像是镀上了一层柔和的光晕。

“不是说在学校门口见面吗？”我一路小跑到他身边。

“嗯，是啊。”他走在我身边，随口应着，身上不知道是洗发水还是沐浴露的清香，一点点钻进我的鼻子里，让人心旷神怡。

天色渐渐暗了下来，周围的商铺陆续亮起了灯，五颜六色的灯光装饰着这个城市，就像是一颗颗漂亮的星星。夏天快要到了，天气稍微有点儿热，这个时候的大街上、公园里到处都是人。

秦晟一整个人都隐在黑暗里，我借着灯光偷偷看他，心里那些压了太久的疑团瞬间涌上心头，可一时之间我竟然不知道该如何开口。

我犹豫了很久，然后才开口：“上次的事情，是顾叔叔绑架你的吧？”

不知道为什么，我总觉得不管有什么隐情，秦晟一肯定会回答我的……大概因为他是小一吧，是记忆里虽然不善言语但时刻都会护着我的小一。

心里虽然这样想，但是在他开始沉默之后，我又有点儿忐忑。

“啊，你要是不想说也没关系……”

“是。”他沉默了一会儿，然后开了口。

“那为什么警察来的时候，你说是误会啊？”我不解地询问。

正常人逃脱危险之后，肯定第一时间告诉警察绑架自己的人是谁，然后看着那个人被抓走，才能确保自己安全啊！

“因为你。”

他扭头看着我，眼睛亮晶晶的。

我不由得愣住了，怎么可能？这件事情我本就是局外人。

“跟我有什么关系啊……”在确定并不是玩笑话之后，我更加困惑了，“为什么是因为我？”

“因为顾景泽是你喜欢的人。”秦晟一注视着我，他的声音在微风里显得有些低沉，“如果因为这件事情，他爸爸被抓，他不开心的话……你也会难过的吧？”

我顿时哑口无言，是啊，如果顾景泽的爸爸被抓，他不开心，我一定会难过的。

可是我心里十分清楚，这些事并不能混在一起谈论，难过归难过，做了不该做的事情，就该付出相应的代价。

“喜欢一个人不就是这样吗？对方手中有根线，牵动着你所有的喜怒哀乐。”见我久久不开口，秦晟一又说道。

“小一。”我已经很少喊他小一了，可现在这个时候，我的心里有种异样的感觉，“我知道，你把我当好朋友才会这么为我着想，可是，你总要先想到自己才行，你这次可是被人绑架了……”

“顾叔叔不是穷凶极恶的人。”他开口打断了我的话，“以前他还在秦氏集团的时候，我就和他见过很多次面，而且他把我抓上车，拿走我的手机之后，就和我道歉了。他对我说，只是想要一个和我妈妈谈论的机会，他不会伤害我，只要我安安静静地待上一小会儿，他就会放了我。”

“而且……”他犹豫了一下，又开口说，“这不是我第一次经历这种事，比起第一次……顾叔叔并没有为难我，顾景泽赶到的时候，他其实就已经打算放我走了。

“所以，你没必要担心，我决定隐瞒，虽然主要是不想你为难，但其实也是为了顾叔叔。他虽然做了错事，但还是个善良的人……”

“第一次……”怕我留下心结，秦晟一还在解释着他那么做的原因，可是我的脑海里只回荡着他刚才说的那句“比起第一次”。

难道他以前被绑架过?

秦晟一点了点头，告诉了我一些之前我根本不知道的事。原来，曾经被人绑架就是他小时候被送到青沙镇寄住在我家的原因。那一年，秦氏集团内部动荡，他的亲叔叔直接绑了小一威胁他爸妈，他被救出来之后，就被他妈妈秘密送到了青沙镇，这样既可以确保他的安全，自己又可以全心处理公司的事务。

他叔叔后来怎么样了，小一并没有多说，只是说自己当初来到青沙镇这件事，除了他爸妈之外，其他人一概不知道。

原来是这样……竟然是这样!

怪不得那一年他连话也不说，被我和程颢误以为是小哑巴，后来虽然开了口，话却依旧很少。

我看着身边的少年，他低下头，细声细语地向我诉说着过往，突然心里有些疼痛，直到现在我才知晓，自己从未真正了解过他。

小一多么棒啊……小时候经历过那样的变故，他依旧成为了温暖热心

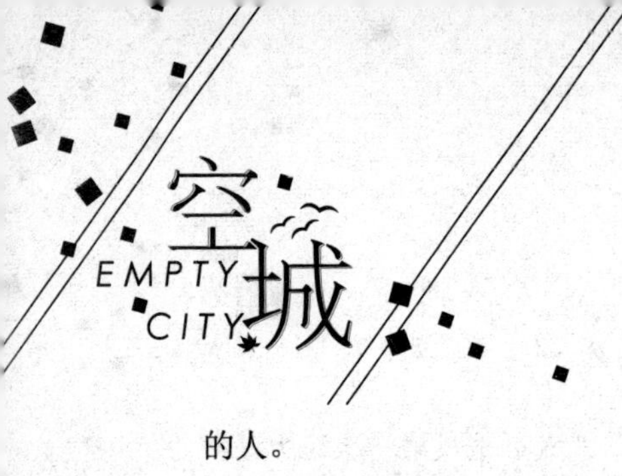


的人。

一时之间，我竟然不知道该说些什么，后来秦晟一送我回宿舍的时候，突然对我说："其实我要谢谢你。"

"嗯？"我愣了一下，抬头看着他。

"那一年……"他含笑望着我，"那一年我变成'小哑巴'，其实是因为受了太大的惊吓，才产生了心理障碍，开不了口……后来因为你，也因为程颢，我才开始慢慢好起来。"

"姜菁菁。"他伸出手，摸了一下我的头发。

"嗯？"

"没事了，快回去吧。"秦晟一笑了笑，朝我摆摆手，"明天见。"

我恋恋不舍地点点头，朝前走了几步，可突然之间，秦晟一又追了上来。他站在我面前，有点儿突兀地说道："对了！有时间的话，我们去游乐场玩吧！"

这个时候，天完全黑了下来，只有路灯闪着光，可是在这片巨大的黑暗里，我却依旧能清晰地看到秦晟一的表情。

他在微笑着，那笑容里带着羞涩，还有期待……总之，有一些我说不上来的感觉。

不知道怎么回事，我的心在这一刻突然快速跳动起来，我被这突然的感觉弄得措手不及，点点头之后，扭过头就朝宿舍跑去。

一路上，我的心都在抑制不住地狂跳，怎么回事？怎么会这么奇怪？难道我……喜欢……不，怎么可能，小一是我的好朋友啊，从小时候开始，我就一直保护着他……而且我喜欢的人是顾景泽啊！

对，这肯定是我的错觉。

我深吸一口气，压抑住心底突然涌上来的奇怪感觉，推开了宿舍的门。

李珂已经从跆拳道馆回来了，她躺在床上，手里捏着跆拳道馆的宣传手册，看到我时，她冲着我一笑："姜菁菁，你要不要也来学习跆拳道啊？"

我摆了摆手，还是饶了我吧，别说跆拳道了，就她那套以前天天跳的健美操，我都不一定能学习得了。

我和李珂正在说话，宿舍门突然被推开了，许紫清站在门口，手里提了一大袋零食："给你们买的，还不快来接啊！"

她的话音还未落，李珂就已经一个鲤鱼打挺，从床上翻身下来了。

我们三个一边吃零食，一边八卦学校最近盛传的事情，被顾景泽拒绝过的李恩源最近又有了动作，她在自己的QQ空间里写了说说，无非就是爱而不得的痛苦，以及对爱顾景泽这件事情的坚持。本来一个说说而已，闹不起轩然大波的，可没想到，她的好友里有人把这个文艺而矫情的说说贴到了学校论坛，这下子又被众人皆知了。

本来这件事我们三个没必要讨论的，许紫清也不是爱凑热闹的人，可偏偏这次八卦的风潮波及了她。

因为李恩源的说说被传到论坛之后，有人在下面的讨论圈里说起了那天表白的事，自然而然就有人提起了程颢，然后就有多事的人说“就那个程颢啊，啊，前两天我见他和那个许紫清在一起了，动作很亲密的样子”，这句话刚说完，立马引发了各种讨论。

“不会吧？许紫清？是那个认识很多校外混混的女生吗？”

“是啊，就是她，据说前几天她还带人去堵了隔壁学校的人！”

……

下面的讨论开始往许紫清身上靠拢，帖子上方加粗的“系花李恩源的苦苦追爱历程”就这么被无视了。

“行了，也不知道每天在论坛泡着的都是什么人，怎么连我上周去堵人的事情他们都知道得那么清楚？”许紫清拿起一块饼干，塞进了嘴里。

是的，就算遭遇了深情告白和绑架风波，许紫清后来还是坚持带着自己的小弟去堵那天打她的人了。据她所说，那群人吓得屁滚尿流的，一个劲地给她道歉。我和李珂自然是相信许紫清的话的，因为那天她带了好几十个人过去，毕竟人多势众。

程颢知道这件事情之后，没有多说什么，只是后来打电话给我的时候，让我劝劝许紫清不要去惹事。

我把程颢说的话告知许紫清，她哼了声：“他有话干吗不自己来对我说，非得让你来转告？”

“当然是不敢啊。”李珂躲在我身后补充道，“就他那胆小如鼠的样子，跟你在一起恐怕用尽了毕生的勇气，哪里还敢对你说这些话啊。”

许紫清对于李珂的前半句话本来是有点儿生气的，可后来想想她说的也是实话，就没再说什么。不过，许紫清后来真的很少再打架了，别说打架，她连和那些兄弟见面的时间都少了，没事就跟程颢混在一起，偶尔程颢忙的时候，就跟着我和李珂。

许紫清抱怨完论坛的议论之后，突然朝我看过来，挤了挤眼睛：“姜菁菁，李恩源都有表示了，你呢，你不是喜欢顾景泽吗？”

“是啊，姜菁菁，我觉得你不能坐以待毙啊，虽然顾景泽的品味不会这么差，但是好歹去试一试啊！”李珂抹了抹嘴，补充道。

我使劲地敲了一下她的头：“你这话是什么意思啊？”

许紫清难得仗义了这么一次，她白了李珂一眼，说道：“是啊，你怎么说话的，我觉得姜菁菁挺好的。”

我抓了一把瓜子放在她手里，准备表示一下感激，她又开口了：“虽然各方面都不出众，可是能这么平庸已经很了不起了！再说，在我心里，我还是更喜欢姜菁菁的。”

她这句话一出，李珂突然哈哈大笑起来，她边笑边看我：“小霸王在夸你！哈哈哈，我第一次听别人夸人用‘平庸’这词！”

“你说谁是小霸王呢？”

“说你啊！怎么了？”

我看着两个因为胡闹滚在一起的人，忍不住扶了扶额头。

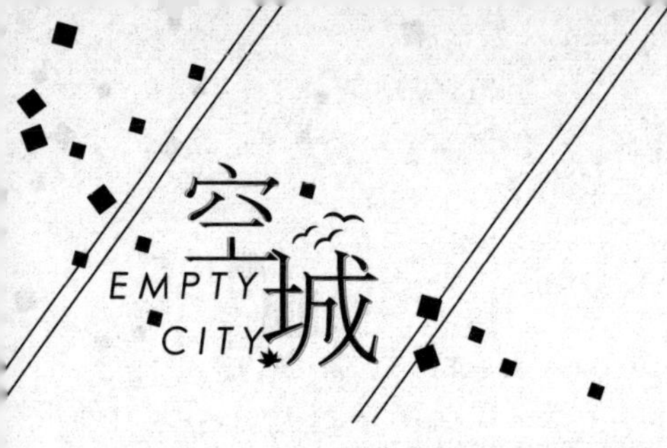

天啊，我刚刚递过去的瓜子就这样被扔得到处都是，这些可都是用钱买的啊，到底知不知道珍惜粮食！

她们闹够了，这才注意到身边早已一片狼藉，然后靠在一起，看我手脚并用地开始收拾起残局来。

“姜菁菁，没想到你这么贤惠啊。”

“就是，就是。”李珂在一旁直点头。

“其实我们家也很乱的，改天带你去我家，帮我一并收拾了吧？”

许紫清难得和我们开玩笑，我认真地点了点头，表示好。

“我的呢，我的呢？”李珂一脸期待地看着我。

“既然这样……不如毕业以后我们找地方一起住吧！”许紫清突然伸出手臂，揽住了我和李珂，她的眼睛里带着满满的笑意，“一起住吧，一起住吧。”

灯光下，我们三个抱在一起嘻嘻哈哈闹着，这真是我过得最开心的一段时间，所有在乎的、爱的人都在我身边，她们陪我欢笑胡闹，和我约定了未来要一起住。我看着两张洋溢着笑容的脸，觉得既满足又幸福。

天气越来越热了，到了六月初，许紫清已经嚷嚷着要开空调了，李珂在一边点头附和道：“是该开了，这种天也是怪，不开空调吧，热，开了

吧，还冷。”

最终她们俩商量好了，去楼下买个小风扇回来，李珂临出去之前还不忘交代我：“姜菁菁，你一定要好好看书啊，你可是我们班唯一一个参加知识竞赛的，一定要得到好成绩啊！”

我看着她们，点了点头表示知道了，然后把目光移到了摊开着的书上。

说起来，我已经因为这个全国竞赛奋斗好久了，就连和秦晟一的游乐场之约都推迟了，因为我是我们班唯一一个入选的，身上还背负着其他人的期望。

不知道是不是天气突然变热的原因，我看了会儿书，只觉得脑子乱成一团，索性从床上起来去洗衣服。

许紫清和李珂很快就回来了，她们真的买了小风扇回来，顺便还帮我捎了一台。

许紫清看到我在洗衣服，瞥了一眼身边的李珂：“你现在不是没事吗？去，帮姜菁菁洗衣服。”

李珂不满地嘟囔了两句，最终还是过来了：“菁菁啊，你最重要的任务是看书，怎么能把时间浪费在这种事上呢？”

我看着她们两个，无奈地笑道：“只是一个知识竞赛而已，也不用这么夸张吧？我当初高考都没这么郑重其事啊。”

听了我的话，李珂退回到许紫清身边：“高考当然不用夸张啦！你脑子那么好，怎么会考不上？可这不一样啊！你是代表我们班、我们系、我们学校去比赛啊，你要知道我们学校才几个人被选上……不对，整个南城加起来也不超过十个人，这能不紧张吗？”

许紫清难得同意李珂的话，在一边狂点头，我说不过她们，只好点了点头。

我洗完衣服的时候，两个人已经因为其他小事争执起来了。

我再次躺到床上翻开了书，看着看着有些困了，就把书扔在一边睡着了。醒来的时候发现许紫清出去了，宿舍里只剩下了我和李珂，这家伙在床上摆成了“大”字，正呼呼大睡。

为了不惊动她，我小心翼翼地从床上爬了起来，拎着书去了走廊，再一次开始每天的苦读生活。

因为知识竞赛，我已经很久没去画室了，许紫清同样没去。当然，她可不是为了竞赛，她是为了和程颢一起出去玩。倒是李珂曾偷偷对我说，许紫清不去是因为李恩源，最近李恩源一直往画室跑，每次都要找机会去和顾景泽说话。

每次她去的时候，许紫清的那双眼睛都能射出飞刀，刀刀剜在程颢身上，吓得程颢头都不敢抬，生怕一不小心眼神落在李恩源身上，惹得许紫清生气。为了避免这些事情发生，程颢就很少带许紫清去画室了，反正南城有的是地方，任他们两个转。

也不知道是不是大家都不在的原因，连秦晟一都很少去了。

哦，对了，因为知识竞赛的事情，我爸妈竟然破天荒地允许我周末在学校待着了。不仅如此，我要是偶尔回家的话，什么事情都不让我做，只让我专心看书。我妈说她这辈子没什么出息，唯一值得骄傲的事就是有我这个听话学习好的女儿，还说，毕竟这次知识竞赛南城只有十人能参加，我作为这十人中的一个，她已经觉得超级骄傲了，如果能拿到全国的前十，她就真的要开心死了。

她说这句话的时候，我爸在旁边笑。

说起来，我妈最近不知道怎么了，总是魂不守舍的，从我这周回来到现在，她已经因为找不到东西而把家里翻了好几次。最离谱的是，有次她手里明明拿着要找的东西，最后还是把客厅翻得乱七八糟。

我想到以前查的更年期症状，特别担心她。

“妈，您最近怎么了？有没有不舒服啊……”我刚开口想问，就被她打断了。

“赶紧看你的书，不是说这次竞赛很重要吗？”她指了指我手里的书，然后又低着头不知道在找什么。

吃完饭，趁她去洗碗的时候，我偷偷和老爸商量：“实在不行，就带她去看看医生吧，找个心理医生辅导一下也行啊。”

爸爸因为我的话沉默了，就在我以为他要点头同意时，他开口说道：“没事，过几天就好了。”

老妈并没有像我爸说的那样过几天就好，在我准备离开家的那天早上，她又抱着我哭了起来，和寒假那次一模一样。她抱着我边哭边说：“菁菁，我舍不得你啊，菁菁。”

我不知道怎么安慰她，只好一边用手轻轻拍她的后背，一边说道：

“哎呀，我又不是去很远的地方，就在南城啊！您随时能去看我，再说这周就要参加竞赛了，等竞赛结束以后，每周我都会回来了。”

听我这么说，她又止住了哭声，抓着我的胳膊，良久才开口：“嗯，那你好好比赛，等你周末回来了，我做你爱吃的红烧肉。”

临出门之前，我又和老爸说了要带我妈去看心理医生的事。我真的挺担心她的，一向彪悍的她近半年越来越容易掉眼泪，想不担心都难。

如果不是我爸一再重复说她不是生病了，我都要想到不太好的事情上了……

等车的时候，程颢笑嘻嘻地询问我复习得怎么样，我点了点头。最近一段时间书不离手，早复习完了。也不知道是因为压力太大，还是太紧张，最近总觉得神经紧绷着，有时候还会头疼。

程颢听我这么说，立马邀请我跟他还有许紫清一起去玩，他说：“你肯定是太紧张，反正你已经复习完了，不如等一下跟我们一起去玩玩，放松一下。反正这周才竞赛，今天休息一天，之后再稍微看看书就好了啊。”

程颢这家伙总是废话不断，但是偶尔几句话还是有用的，他这么一说，我也觉得是。不如趁着今天周末出去放松一下也好，本来准备点头，突然想到之前和秦晟一约好的要去游乐场，于是我摇了摇头。

“哎哟，你这个木头脑袋，背书背傻了！”程颢白了我一眼。

我没理他，径自掏出手机给秦晟一发了短信——

“游乐场之约，不如就在今天吧。”

短信发出去没多久，秦晟一就打电话过来了，隔着手机都能感觉到他的笑意：“那好啊，我在学校门口等你。”

刚挂了电话，就看到程颢对着我身后招手：“啊，你也还在啊，我以为你已经去学校了呢！”

我回过头，一眼就看到了站在身后的顾景泽，我们互相打过招呼之后，很快车就来了。上车之前，程颢给许紫清打了电话，说了他大概几点会到学校，最后还不忘说起我。

“姜菁菁这傻孩子，背书背傻了。她都复习完了，该背的也背得差不多了，我让她趁着竞赛前放松一下，跟我们一块儿去玩，她还不去。”程颢说着，还不忘斜视我一眼。

“哪里啊，我哪里是捣乱啊！她说最近总是神经紧绷，有点儿头疼，我才说的……”

后面他又絮絮叨叨说了很多，说来说去无非是那几句话，什么完全是为了我着想啊，可我不领情啊。后来实在受不了他啰唆的样子，我只好抢过他手里的手机，对那头的许紫清大喊：“他这么啰唆，你不觉得烦吗？我知道他是为我好，我也决定了去放松一下，但是，我绝对不跟着你们

去！我嫌弃他！”

许紫清在那边嚷嚷：“我还嫌弃你呢，赶紧把手机还给我家程颢！”

我翻了个白眼，赶紧把手机丢进程颢怀里，生怕慢了会被电话那端的小霸王骂。

程颢又说了几句就挂了，我拿着自己的手机玩了一会儿，就把头靠在车窗上睡着了。

睡醒的时候，车子快要到站了，顾景泽似乎也是刚睡醒，正在揉眼睛，唯有程颢的眼睛亮得像猫头鹰似的，他一边握着手机一边嚷嚷：“哎哟，马上到了！你再等几分钟！”

我这才看清楚他又在打电话。

程颢自从和许紫清在一起之后，一逮着机会就秀恩爱，也不考虑我们这些人的心情。

下车的时候，顾景泽突然开口喊住了我：“姜菁菁，等一下你不回去复习了吧？”

我点点头，提着包下了车，扭过头看向随后下来的他：“是啊，最近总是神经紧绷，想放松一下，正好也复习完了。”

听我这么说，顾景泽脸上浮起一抹微笑：“那我们两个去看电影吧？”

有一瞬间我以为自己听错了，有些不敢相信地问道：“你说什么？”

他冲我笑得更灿烂了：“我说，等一下我们去看电影吧。”

“哎哟！”我还没来得及开口，已经走了几步的程颢突然扭过头，大惊小怪地喊道，“看电影……看电影，我们两个去看电影吧……”

程颢并没有说什么调侃的话，但他的语气隐约透出欠揍的意味，我还没来得及追上去踹他两脚，就看到许紫清朝这边跑了过来。

“姜菁菁要去看电影了！”程颢冲她挤眉弄眼道，“和顾景泽一起哦！”

许紫清这家伙，向来看热闹不嫌事大，听了程颢的解说之后，也加入了起哄的队伍。直到我作势要踹他们，他们才嘻嘻哈哈地拉着手跑了，只剩下我和顾景泽还站在原地。

顾景泽说要和我一起看电影……他这是在约我吗？是的吧？

可是，就在我准备点头的时候，不知道怎么回事，脑海里突然浮现出了秦晟一的样子。

哎呀！不行，我和秦晟一约好了，待会儿要去游乐场。

“对不起啊，改天吧……我今天和秦晟一约好了要去游乐场。”我不好意思地挠了挠头。

顾景泽脸上的神情一怔，不过很快，他又挂上了了然的微笑：“也好。”

拒绝了他之后，我突然想起该给秦晟一打个电话，说自己已经到学校了，结果掏出手机一看，才发现屏幕一片漆黑。

“忘记给手机充电了。”

就连仅有的一格电，也在上车前和秦晟一打完电话、玩游戏之后浪费得差不多了。

我有些不死心地按了一下开机键，结果依旧毫无反应。我只好把手机塞进包里，和顾景泽说了句“先走一步”，便加快脚步朝学校跑去。

我到了宿舍，发现李珂还没有来，本想用她的手机先给秦晟一打电话来着，最终只好耐着性子给手机充电，在充电的过程中顺道打扫了一下宿舍。

打扫完，手机重新开了机，我才看到了秦晟一发来的短信。他一改平时简单沉默的风格，聒噪地发了一大堆，戳开一条条看过去，无非是问我到哪里了，还说时间早，他已经去买过票了……最后一条是半个小时之前的，他说：“刚给你打电话，你手机关机，我在学校门口等。”

看样子他大概等了很久，没等到我，所以去别的地方了吧。

这样想着，我拨了他的号码，准备叫他出来。

“喂，秦晟一，我已经到学校了！对不起啊，我……”

“我知道了。”不等我说完，就被秦晟一打断了，他的声音有些低沉，“我听程颢说了。”

我还没来得及细想程颢是怎么知道我的手机没电的，就开口问道：“你现在在哪里？我们……”

“在宿舍。”他的声音听起来有些疲惫，“有些累了，我先睡一会儿。”

我们什么时候去游乐场啊？

这句话我最终还是没来得及问出口，就被一阵失落感袭击了，我握着手机，良久才“嗯”了声，然后挂断了电话。

我都没来得及告诉他，我心里有多期待这次游乐场之约，甚至拒绝了顾景泽看电影的邀约。

突然之间，我失去了出去放松的兴致，懒懒地躺在床上，捏着手机，盯着前几天换的壁纸看了许久。

去游乐场吧，去游乐场吧。

不知道为什么，脑海里突然有个声音不知疲倦地回响着，我默默地拿起手机看了看，发现现在刚到中午，还早着呢。最终，我还是忍不住打开手机，鬼使神差般输入了今天要去的游乐场的名字。

哼，我自己也可以去啊！

这样想着，我又恢复了精神，从床上爬了起来。

游乐场离学校并不是太远，坐公交车半个小时就到了，可等到了游乐场门口，我才发现来来往往的人特别多，可能是周日的原因，售票窗口排起了长长的队伍。

预计还要排很久的队，我走到旁边卖棉花糖的地方，打算边吃边等。然而，我就是在这个时候看到秦晟一的。

他穿着一件清爽的蓝色T恤，帅气迷人，隔着人群，他正站在卖棉花糖的老人旁边，低着头不知道在看什么。

刚刚的失落感瞬间凝固成了一把利剑，朝我的心脏刺过来。

他说他累了，想要睡一会儿，结果不甘心想要自己来游乐场玩的我却在这个地方看到了他……难道他就这么不想和我一起来玩吗？

我往后退了一步，试图找个地方躲起来，这个时候他肯定不想被我看

到，要不然多尴尬啊。

就在这个时候，秦晟一突然抬起头，隔着来来往往的人群，朝我看了过来。

# 第六章

06 chapter

EMPTY CITY

被黑暗拖进深渊

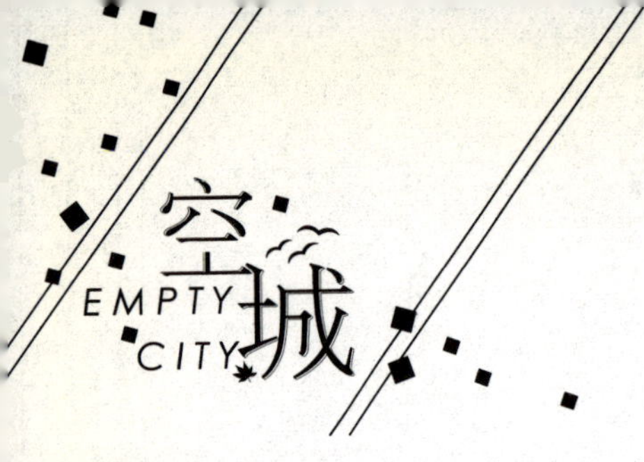


01

也许是我的错觉，在看到我的一瞬间，他的眼里闪过一丝惊喜，不等我扭头离开，就朝着我跑了过来。

他在我面前站定，声音隐隐发颤："你怎么来了？"

不等我回答，他四处张望一下，确定我身边并无旁人时，他一脸不敢相信地看着我："你不是去看电影了吗？怎么在这里？顾景泽呢？他没和你一起？"

旁边人群来来往往，拥挤中有人撞到了我，秦晟一顺势扶住了我，他的眼睛亮晶晶的，像是星星在闪烁。

"谁说我去看电影了啊？"刚问完，我就明白了，肯定是程颢告诉他的，那小子，话只听了一半就瞎起哄。

秦晟一因为拥挤的人群往我身边靠了靠，说道："我在学校门口等你的时候，看到程颢和许紫清了，我问他怎么没看到你，他说顾景泽邀请你看电影……"

"所以……"他有些不好意思地挠了挠头，"我以为你真的去了，就回了宿舍，后来你打电话来说对不起，我以为你要告诉我失约的事情，所以……"

大概是阳光太毒辣，秦晟一的脸被晒得有些红，看起来有些腼腆。

"都说好了要来游乐场的，我怎么可能去看电影啊，而且……"我微微低下头，不敢去看秦晟一的眼睛。

而且，比起看电影，我更喜欢游乐场啊。

因为秦晟一早就买好了票，我们就省掉了在售票口排队的时间，说起来，这还是我第一次来这么大的游乐场，以前青沙镇也有一个，但是跟这个完全不能比。

我和秦晟一来的这个游乐场，据说是南城最大的游乐场，往后面走，还有座水上公园，一到夏天那里就会挤满人，简直是人山人海。

我一进门，就看到了不远处的云霄飞车，随即指了指，想试一下那个。

我以前从没坐过云霄飞车，所以低估了它的恐怖，真正坐上去开始行驶之后，我才感觉到害怕。到最高点的时候，我吓得完全不敢睁眼睛，只知道扯着喉咙大喊大叫，忽然，坐在身边的秦晟一握住了我的手。

大概是因为云霄飞车太恐怖，我的小心脏"扑通扑通"跳得更快了，有一瞬间，我甚至觉得它要从我的胸腔里跳出来。后来秦晟一带着我去坐

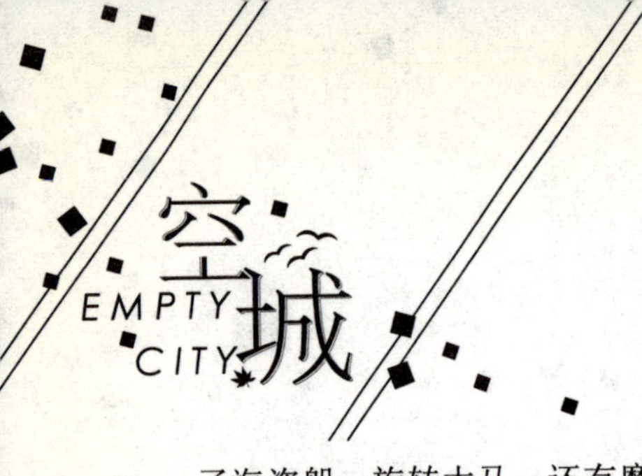


了海盗船、旋转木马，还有摩天轮，因为云霄飞车在前，其他的几样我倒不觉得可怕了，偶尔觉得惊慌的时候，就扭头看身边的秦晟一。

不知道为什么，只要看到他的眼睛，我瞬间就觉得安心了。在我心里，他永远是我的小一，沉默寡言，却会守护我。

吃完饭，秦晟一送我回去，一路上他都笑吟吟地和我说着话，到了学校告别的时候，他突然看着我，认真地说道："姜菁菁，谢谢你，谢谢你陪我去游乐场。"

校园那条路上的路灯可能出了问题，一明一灭，我看着黑暗中他挺拔的身影，不禁愣住了。原来李珂没有胡说，他的确长得很帅，比顾景泽、比任何人都帅。

"应该是我谢谢你。"许久，我才开口，"是你在陪我玩啊。"

他在黑暗中无声地笑了，我借着微弱的灯光看着他，他的嘴角微微上扬："谢谢你，因为我而拒绝了顾景泽的邀约。"

我看着他脸上的笑容，怔了怔，猛地转过身朝宿舍楼下跑去，背对着他高高举起右手挥了挥，表示再见。

我害怕再多待一秒，那股异样的感觉就再次涌上心头。

回到宿舍的时候，许紫清已经回来了，她一边敷面膜一边冲我乐："回来了？"

我点了点头，还没来得及开口，李珂已经一个鲤鱼打挺从床上蹦了起来："和顾景泽去看了什么电影啊？进展怎么样？表白了吗？不会也在一起了吧？"

我摇了摇头，解释自己并没有和顾景泽去看电影，许紫清停下手中的动作，鄙视地看了我一眼：“姜菁菁，你是榆木脑袋吗？顾景泽约你看电影，你为什么不去？”

她本来还准备继续说下去的，直到我开口说跟秦晟一去了游乐场之后，她才住口。不知道为什么，我觉得许紫清看我的目光怪怪的，后来我去刷牙的时候，听到她轻声对李珂说道：“姜菁菁不喜欢顾景泽吧？是不是你和程颢误会了？”

李珂在吃东西，含糊地说道：“是程颢说的啊，我以前又没跟他们俩在一个学校……再说了，她要是不喜欢顾景泽，会喜欢谁啊，总不会……”

她的声音突然消失了，我拿着牙刷回头望向她，她的脸上有一瞬间的失神，然后喃喃道：“总不会是秦晟一吧。”

“你们俩瞎说什么呢！”

嘴里都是牙膏泡沫，我说话含含糊糊的，她们俩像是没听见一样继续讨论着。我快速漱了口，站在她们面前又说了一遍，她们俩才住了嘴，却在暗地里交换眼神，最后笑成一团。

连着几天，我一醒来就开始看之前的模拟试卷。眼看知识竞赛在即，

我越来越紧张，每天都是一大清早就起来学习，直到现在脖子有些僵硬，才放下试卷准备出去走走。

李珂和许紫清都不在宿舍里，我只好拿着手机出了宿舍楼，本来准备去吃点儿东西，结果路过画室，突然心血来潮想去画室看看，不知道李珂她们会不会在。

等我推开画室的门，才发现整个画室只有顾景泽一个人，他正低着头画画。大概是听到了开门的声音，他抬起头，朝我这边看过来。

“你来了。”他冲我笑了笑，招招手示意我过去。

“我的画差不多完成了，你看看怎么样？”待我走近之后，顾景泽把画板往我面前一推，笑道。

说实话，我根本看不懂。像我这种鉴赏能力基本为零的人，看这种抽象画，除了看看堆成一块的色彩，也看不出来其他什么了，毕竟我当初参加抽象画社团也是醉翁之意不在酒啊。

这不，被顾景泽问怎么样，我就支支吾吾说不出个所以然来。

“其实……”我比画了半天，最后眼睛一闭，索性和顾景泽说了个明白，“其实我看不懂……”

“你也知道，艺术细胞这种东西不是每个人都有的，而且我来这里每次都是在浪费颜料……”越说我的声音就越低，最后不好意思地低下了头，不敢看顾景泽。

“是吗？”顾景泽笑了笑，收回了画，“我觉得你画得很好啊，很有天赋。”

我惊喜地抬起头：“真的？”

他脸上的笑意更深了，点了点头：“当然是真的啊，我以前不是说过吗？”

是，以前他是说过，不只是他，秦晟一也说过。

不过那个时候，我只当他们是安慰我，根本没有放在心上，不过现在，我被他夸有天赋，还是很开心的。

我顺势在顾景泽旁边坐下，和他聊起天，聊着聊着，我们就说起了高中时候的事情。

说到他刚转去青沙镇念高中时，他的脸上笑容更深了，抱着画板瞥了我一眼：“我现在还记得，当时我在黑板上写了名字之后，你和程颢瞎起哄的样子。”

顾景泽这么一说，我惭愧地垂下眼帘，不敢和他对视。从小在青沙镇长大的我、程颢，还有他的那些小跟班，大家都从来没离开过青沙镇……哦，除了程颢，那家伙倒是跟着他的老爸去过南城几次。所以，刚刚转学来的顾景泽对我们而言，除了新奇之外，还有种说不出来的吸引力，他长得帅，身上还带着有别于青沙镇的气息，所以，在程颢他们起哄的时候，班里的女生才会叽叽喳喳跟着议论。

“其实并不是起哄。”我抬头看了他一眼，然后说道，“更多的是新奇和向往吧。”

“哦，是吗？”他笑了，顿了顿又说，“那个时候你……对了，姜菁菁，你不好奇你妈那个时候找我说了什么吗？”

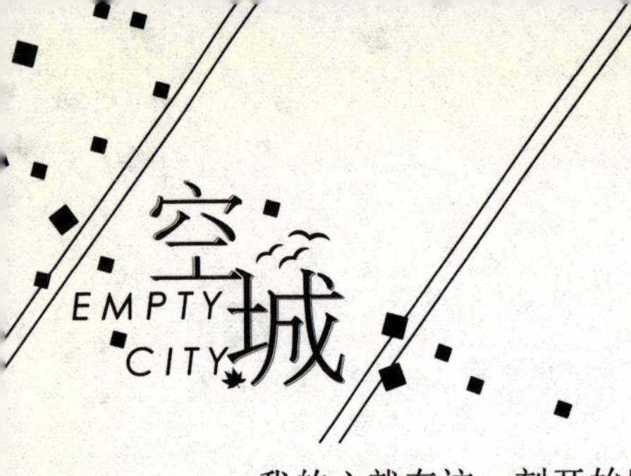


我的心就在这一刻开始陷入慌乱、不安，不，准确地说，是觉得羞耻。

“那个时候……真的对不起啊，程颢那小子乱说话、瞎起哄。我妈她怕我……早恋，所以……”我绞尽脑汁地想着该如何解释那个时候的事，“真是抱歉，我妈去找你，肯定给你造成了困扰吧，其实都是程颢……”

“并没有。”顾景泽始终微笑着。

有那么一瞬间，我仿佛回到了第一次见他的时候，他站在讲台上，举起手写下“顾景泽”三个大字。

“你妈其实很爱你吧。”他微笑着开口，把我的思绪从过往中拉了回来，“她并没有为难我，只是说你大大咧咧的，可能不懂事，如果可能，希望我在高考之前尽量别打扰你。”

时隔这么久，突然从他口中听到那时的真相，我心里反而平静了不少。其实那个时候，我一度以为我妈找过去骂了他，所以后来顾景泽才一句话都不和我说。

“这样啊。”我低着头，一时之间不知道该说些什么。

“姜菁菁。”顾景泽开口，犹豫了一下，试探地说道，“那个时候程颢说的话……”

我刚想开口说程颢瞎胡闹的，可是对上他的视线时，我沉默了，因为他说出了下面的话，容不得我打断，容不得我逃避。

微风从开着的窗户外徐徐吹来，他的头发在微风中微微飘动，他盯着我，一脸认真。

他说："程颢说的话是真的吧，那么现在呢？你还是和那个时候一样吗？"

"我……"

"明月照天涯……"我还没来得及回答他，手机铃声就响了起来。

我拿起来一看，居然是我妈打来的，现在还很早，不知道她这个时候打电话找我有什么事。我犹豫了一下，看了看顾景泽，接了电话。

"菁菁啊……"电话刚接通，我就听到了老妈的声音，不知道怎么回事，她的声音和以往不大一样，有些虚弱。

我"嗯"了一声，问她怎么了，是不是生病了。她在那边笑了笑，或许是隔着手机的原因，笑声有点儿轻飘飘的。

"你那个比赛是明天吧？"她没有回答我的问题，反而问我。

"是啊。"我还是不放心，"您是不是生病了？还好吗？"

她笑着说道："我能有什么不好啊！我还要看着我家菁菁参加竞赛拿到奖杯，早点儿毕业，挣钱养我呢！"

听老妈这么说，我才放下心来，和她扯了几句之后，我看了看又开始低头画画的顾景泽，准备挂电话了。可是就在这个时候，电话那端的妈妈突然提高了音量："菁菁，等一下！"

我“嗯”了一声，生怕打扰到顾景泽，拿着手机往旁边走了好几步，才开口问道：“怎么了？”

“你以后要听话啊，好好学习……以后做个有出息的人，不要像我，没什么出息，什么都不懂。”她只说了这几句，那边就没声音了，就在我以为她把电话挂掉时，她才开口。

她说：“菁菁，周末本来说要给你做红烧肉来着，但是这次我想偷会儿懒，让你爸做吧。”

我低下头看着脚尖，笑道：“是该尝尝我爸的手艺了。”

我妈笑了笑，声音突然变得哽咽：“菁菁啊，我真舍不得你。”

我只当她又和之前一样更年期症状犯了，随口哄了她两句，就挂掉了电话。

可没过多久，老爸又给我打电话，他没说什么，只是喊了一下我的名字，最后说了句“明天竞赛，你要努力”，说完就挂了电话。

因为我妈那个突然的电话，我和顾景泽的话题就此中断了，我们又聊了几句之后，我就离开了画室。因为程颢这家伙打电话非要跟我一块儿吃饭，也不知道他怎么回事，一再叮嘱我必须一块儿吃晚饭，最后他说了地点就挂了电话。

我刚走到学校门口，就看到了秦晟一，他手里紧紧地捏着手机，脸色变了又变，最后他抬头看向我。不知道是光线问题，还是我想多了，那瞬间，我竟然在他的眼里看到了悲伤。

秦晟一走向我，嘴角的微笑有些无力，他说：“程颢说了请吃饭，我来接你。”

之后，一路上他都沉默着，我问他怎么了，他只是摇摇头说没事，可是那表情分明在告诉我，他在撒谎。可秦晟一既然不想说，我也只好没再开口问。

程颢那天不知道怎么了，在吃饭的时候一看到我，就扑过来非得抱我一下，我一边踹他一边说：“男女授受不亲，你离我远点儿！”

可他怎么打也打不走，非得蹭上来抱我，没办法，我只好冲许紫清嚷嚷，让她赶紧把她家这个“烦人精”领走。许紫清难得没有打击我，而是拍了拍我的肩膀，说道：“他今天吃错药了，你们好歹是从小一起长大的，让他抱一下又怎么了？”

“你也真奇怪，让你男朋友抱我！”我忍不住翻了个白眼。

许紫清还没开口，程颢先开口了，他说：“菁菁，虽说我们一块儿长大，我也只比你大了几个月，可是我一直把你当妹妹看的，亲妹妹啊。”

不知道怎么回事，他说着说着，突然眼眶红了。我有些诧异地从他身边逃走，躲在秦晟一和李珂身后，歪着头问他们程颢今天是怎么了，难道喝了酒在发酒疯?

秦晟一没说什么，轻轻地拍了拍我的头，示意我们先吃饭，吃完饭得让我回宿舍休息，毕竟明天要竞赛了。

他这么一说，程颢也不胡闹了，只是规规矩矩地坐在了许紫清旁边。

吃完饭回宿舍的时候，程颢站在对面看着我，半天才憋出一句：“姜菁菁，我对不起你。”说完，他也不等我反应，快速扭头跑了。

我看着他的背影，忍不住抓住李珂的胳膊问道：“程颢这家伙是不是脑子犯抽，做了什么缺德事？”

李珂点了点头，把目光移向许紫清，脸上带着不自然的神情：“不行，我没吃饱，小霸王，我们再去买点儿零食吧。”

我正要说我也去，就被许紫清朝宿舍楼方向推了一把：“姜菁菁，你赶紧回去睡觉，明天要早起的，我和李珂买完东西就回去了。”

直到她们俩手拉手离开了，秦晟一才转身朝我走过来，他轻轻地拨了拨我被风吹乱的刘海儿，然后开口：“早点儿睡，明天见。”

也不知道昨天许紫清和李珂是什么时候回来的，反正我睡着之前，压根就没看到她们两个的身影，结果早上我起床的时候，她们俩已经醒了。我问她们是什么时候回来的，许紫清推了一下正在揉眼睛的李珂：“你刚睡着，我们就回来了，李珂太能吃了！你不知道，后来陪她吃了很多东西，差点儿把我的肚皮撑破了。”

我点了点头，去洗脸刷牙，然后吃了点儿东西就走。知识竞赛的场地在市中心，要先在南城比赛，然后拿出成绩和全国其他城市的比较，最终排下全国前十名。

李珂和许紫清这两个家伙难得良心发现，竟然说要陪我去，还要在竞赛场地外面等我。我正和她们俩闹着玩，手机响了，是我爸打来的，他问我是不是要准备去竞赛场地了，得到我的回答之后，他沉默了一会儿，然后又说“嗯，努力啊”。

我刚想问他我妈在哪里，他就挂掉了电话。

我准备进入场地之前，李珂突然来到我身边，紧紧地抱住了我：“姜菁菁，你一定要努力，一定要拿到好成绩啊！”

我拍了拍她的肩膀，这才进场。虽说这次竞赛的选手不多，但因为对方都是很厉害的人，我也忍不住捏了一把汗。好在我并没有辜负自己前段时间没日没夜的苦读，总体来说，还是比较顺利。

比赛完刚出去，我就看到了在等着我的许紫清她们，程颢和秦晟一也来了。我刚准备和他们庆祝一下，终于摆脱了知识竞赛这个吃人的猛兽时，我的手机响了。

老爸掐准了时间打电话过来，他的声音里听不出过多的感情，他说：“菁菁，你现在回来一趟。”

我挂断电话，告诉许紫清她们我要回家一趟，可刚刚说完，秦晟一突然跟了上来：“我陪你回去。”

我刚想摆手说不用，许紫清、程颢，还有李珂同时开口了，他们一致要陪我回家。我有些无奈地看着他们：“我回个家而已，你们干吗都得跟着去啊？我又不是不知道路，再说，你们没其他事情做了吗？”

他们异口同声地表示没事做，一定要跟我回去。

忽然，一种奇怪的预感涌上心头，我看了他们一眼，不太确定地问

道："你们有事瞒着我？"

不知为何，我的话音刚落，他们纷纷变了脸色。

"什么事？"看他们这样，我有些不安地询问，"和我家里有关吗？"

李珂和许紫清支支吾吾的，不知道该说什么，这时程颢突然站到我面前，说道："就是……先回家吧。"

程颢这样让我更觉得奇怪了，心里那点儿不安在一点点膨胀，我慌张地抓住秦晟一的胳膊，抬头看着他："什么事？小一，到底什么事情？"

秦晟一还没有回答我，他的手机就响了，他接了个电话，"嗯嗯"了两声之后，朝我看过来："福叔来了，在旁边的停车场，走吧。"

说完，他不等我反应，推着我就往前走，临走之前还回头看了看后面的人："我会把菁菁安全送到的，到了再和你们联系。"

我甚至没来得及问他福叔为什么会来。难道他们早就知道我待会儿要回家吗？还有，刚才的问题他还没回答我。

我们两个刚走出去没多久，程颢也跟了上来，他死皮赖脸地说要坐坐豪车。

我又问了一遍，谁知道秦晟一还没来得及回答我，就被程颢打断了。程颢一会儿扯这个，一会儿扯那个，好不容易没什么可问的，又开始问福叔关于这辆车的事。我被他叽叽喳喳的声音吵得头疼，只好戴上耳机开始听歌。

福叔开得很快，不到一个小时，就把我们送到了青沙镇。我们下车之后，他摇下车窗对秦晟一说道：“少爷，我先回去了，你们回去的时候给我打电话，我来接。”

秦晟一点了点头，然后跟着我和程颢往我家走去。

一路上，轮到我叽叽喳喳说个不停了。我和秦晟一说着近几年来青沙镇的变化，他一直在认真听着，只是到我家门口的时候，他突然停下了脚步，挡在了我的面前。

他深吸一口气，然后抬头看着我：“姜菁菁，对不起。”

我还没反应过来，就看到身边一直很安静的程颢突然开始掉眼泪，我被他的样子吓到了，推了他一把，问他怎么了。

他和秦晟一说了一模一样的话，他说：“姜菁菁，对不起。”

正在这个时候，秦晟一身后的门“吱呀”一声打开了。程颢的妈妈红着眼眶走了出来，她一看到我，直接拉住我的手，她的声音带着哭腔：“菁菁啊，你……你可回来了！”

“你快去看看吧，你妈她……”

她后面说了什么，我完全听不见了，我朝挡在我面前的秦晟一看过去，他垂着头不敢看我。我把目光移到旁边的程颢身上，他也低下了头，不敢看我的眼睛。

“你们俩说，我……我家发生了什么事？”我后退一步，胸口猛地疼起来，“我妈怎么了？”

他们不敢看我的眼睛，就连话都不敢和我说。

“菁菁。”门后传来了我爸的声音，他眼眶微红，一瞬间像是老了好

几岁，“你回来了，你妈她……她走了……”

05

屋子里外是很多人说话的声音，或关切，或可怜，或哽咽，我瘫坐在西边的屋子里，看着眼前睡着了的人，朝她伸出了手。

“您怎么能说话不算数啊？您不是说……等我毕业了，找工作了，挣钱给您花吗？”

“您不是说，要跟我一起吃我爸做的红烧肉吗？”

“您怎么突然就丢下我走了啊？您不是说舍不得我吗？您怎么这么讨厌啊，怎么能抛下我啊？”

我有好多话想和妈妈说，也有好多问题想问，可是，等着我的却是她冰冷的身体。他们说，妈妈是去南城以后出的车祸……他们还说，她临走前还在说着希望我能好好竞赛……

他们说了好多话，可是我一句都听不进去，我崩溃地抓着爸爸的手，大声问道：“为什么？她为什么会去南城？她去那里做什么？是谁？是谁撞死我妈的？”

面对我的问题，我爸伸出手帮我擦了擦眼泪，哽咽着说道：“菁菁，这是意外，是意外。”

意外……

可是，一个健健康康的人突然离开了我，让我更加没办法接受。

可这些人像是商量好了似的，谁都不告诉我关于那场事故的点滴，他们说是害怕刺激我。

刺激我？现在的我还有什么可被刺激的？

“妈妈，我又不听话了，您起来啊，我帮您拿扫帚，您打我吧，我绝对不躲……”我说着，呜呜哭了起来，生离死别有多痛，就如同拿着一把钝刀一点点在剜你心上的肉。

有一瞬间，我觉得我那颗小心脏已经被钝刀剜得渣都不剩了，可是，在看到这个闭着眼睛的人时，我才知道，不，原来还可以更痛。

我握着拳头，使劲捶打自己的胸口，怎么办？我要难受死了，您要离开，为什么不带我一起走？

“菁菁。”我爸试图拉我起来，可是失败了。

“她什么时候走的？”如果不是此刻屋子里特别安静，根本听不到我的声音。

“上午十点左右……”

那个时候，我竟然还在竞赛……

“昨天下午出的车祸，送去医院的时候已经快不行了……”看我不说话，他又补充道。

昨天下午？

我终于回头看他，一再确认道：“您是说昨天下午？”

他点了点头：“她给你打电话了，那个时候……”

一瞬间，我的心就像是掉进了冰窟窿里。

昨天她给我打电话了啊！她和我说了很多话，可那个时候我在干什么呢？我在看顾景泽画画，我怕打扰到他，我在想着挂电话，我竟然没有听出来她声音里的不对劲。

更可笑的是，我直到现在才知道，她受伤奄奄一息时居然没有人告诉我，他们到现在才让我知道。我突然想到昨天秦晟一、程颢、许紫清以及李珂的反常行为，他们都知道，他们竟然都知道。他们知道还瞒着我，他们就这样残忍地剥夺了我见她最后一面的权利。

秦晟一和程颢不知道什么时候站到了我身后，或许是我爸进来之后，或许更早以前，我根本没注意。

我从地上爬起来，一步步走向他们。

我整个身体都在发抖，盯着他们的眼睛："你们昨天就知道了，是不是？"

"对不起……"

"是还是不是？"

我不要听"对不起"，我不要听"很抱歉"，我只要一个答案，可他们的沉默已经回答了一切。我紧紧地咬着嘴唇，直到嘴上传来血腥味，才开口问道："你们为什么要这么对我？"

为什么啊？

"菁菁，你别这样。"爸爸过来拦住我，他这样让我更加难过心痛，甚至开始怨恨他们。

“爸，告诉我，为什么啊？”

“为什么你们不告诉我？我做错什么了？我哪里惹你们生气了，你们要这么对我？”

“菁菁。”爸爸抓着我的肩膀，试图让我冷静下来，“这是你妈的心愿，她不希望打扰你，希望你能好好竞赛……”

“竞赛？”我觉得特别可笑，“是不是在你们看来，竞赛比什么都重要？是不是？”

没有人回答我，只有我一个人像疯子似的咆哮：“我是不是要谢谢你们的好意？你们给我滚啊……”

胸腔传来撕裂般的疼痛，我的耳朵里嗡嗡地响，再也听不到任何声音。我看着面前的那些嘴唇一张一合，忽然腿一软，朝后摔去。

妈妈，您在天有灵的话，带我走吧。

我的生活突然坠入了无边无尽的黑暗，时常觉得看不清楚周围的人，他们的脸庞在我看来像是雕塑一样，没有什么不同，却又与我所知的人类完全不同。

葬礼那天他们都到了，秦晟一、程颢、李珂、许紫清，甚至顾景泽也来了……明明是那么熟悉的脸庞，可是我的目光从他们脸上扫过，只觉得陌生。

从那天之后，我再没说过话，整个人像是被砌在了一堵冰冷的墙里，爸爸在忙着应对所有的亲戚，稍微有点儿空暇，就会对着我叹气，我别过

脸不去看他。

我不敢和他说话，生怕自己一开口说出伤害他的话来，我知道，他不比我好过。

现在想来，我妈那句“舍不得”肯定是骗我的，她要是真舍不得，怎么会留我一个人在这世间苦苦挣扎，她为什么不带走我？

# 第七章

07 chapter

EMPTY CITY

## 黑暗中潜藏的秘密

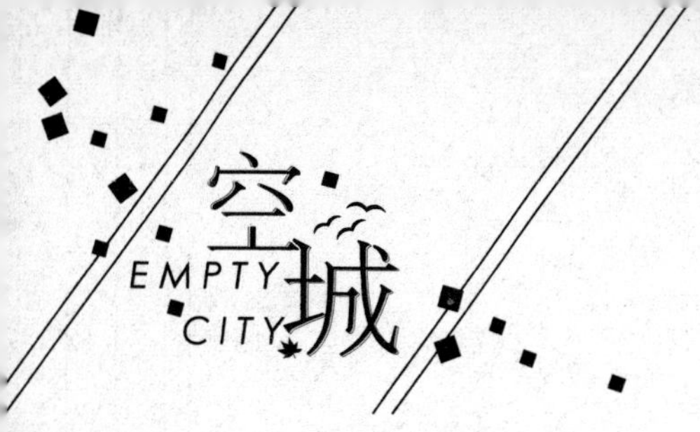


## 01

葬礼结束之后，李珂推开人群跑到我身边，抓着我的手一个劲地说对不起，她边说眼泪边往下掉。如果不是许紫清及时过来安慰她，估计她也要哭昏过去了。

我像个木头人似的站在原地，看着周围逐渐离散的人群，最后甩开李珂的手，转身往家的方向走去。

身后似乎有谁在喊我，直到有脚步声追了上来，我才明白，的确有人在喊我。

来人是程颢，他站在我面前，红着眼眶小声说道："姜菁菁，你不能这样，你爸说你好几天没说话了。我知道你很难过，很生气，是我们做得不对，我们不该自以为是地瞒着你，但是……"

他似乎在思索着要怎么和我说清楚，眨了眨干涩的双眼，继续说道："你要是真生气，就骂我吧，打我也成，实在不行，咬我也可以啊，只要你能解恨，只要你别再这样对自己。”

我看着眼前的程颢，艰难地扯起嘴角：“骂你，打你，咬你？有用吗？”

“我……”程颢咬着嘴唇，半天说不出一个完整的句子来，憋了许久才憋出了一段话，“我当时真的想告诉你，可是后来听说你妈希望你好好竞赛，才闭口不谈的。我真的错了，我当时以为是重伤，想着等你一考完，立马告诉你也来得及，所以才隐瞒的。毕竟那是你妈的希望，我们当时真的是为了你好，只是没想到第二天会……”

程颢不开口解释还好，他一开口解释，我这几天积攒的难过、伤心、愤怒，甚至仇恨都在这一刻齐齐涌上心头。即使明明知道这样不对，可是那些憋了许久的话还是在这一刻通通说了出来：“是啊，你没想到……这么说来，不能怪你啊，要怪得怪我妈是吗？怪她撑不到我考完试，是吗？说什么竞赛是她的希望，你们是为我好，是不是在说这句话的时候，你们还在心里得意，觉得自己做了一件了不起的事情啊？收起你们这些伪善的说辞吧，我快要被你们恶心死了！”

这些话脱口而出，看着眼前哆嗦着嘴唇的程颢，我才惊觉自己刚才说了什么。不该是这样的啊，我为什么会对程颢口出恶言？我为什么会变成这个样子？

“姜菁菁！”就在我准备向他道歉的时候，身后突然传来了许紫清的声音。

我还没来得及回头，她已经冲到了我面前，顺势推开我的手，一把将程颢护在身后："你怎么能这么对程颢说话？你知不知道这几天他怎么过的？是，我们这些人隐瞒你，是欠了你的，你难过，你不吃不喝，你痛不欲生，你只顾沉浸在自己的悲伤里，有没有睁眼看看其他人？他们哪一个好过了？哪一个不是像你一样承受着煎熬？"

我看着眼前的许紫清，眼泪再一次夺眶而出，我一句反驳的话都说不出来，甚至有那么一刻还觉得她说得对。

是啊，我只顾沉浸在自己的悲伤里，根本不曾看过其他人，他们和我……

不，不一样！

我一步步倒退着，连连摇头，怎么会一样？不，我不能原谅他们！

我把他们当作我最重要的朋友啊，可他们集体隐瞒我那么重要的事情，因为他们自以为的善意的谎言，我连我妈最后一面都没能见到，我怎么能原谅他们，怎么能不恨他们？

恍惚中，我听到了妈妈的声音，她在叫我："菁菁啊……"

我静静地等她说下文，结果对上的却是秦晟一的脸，他站在我面前，明明距离这么近，可是我怎么都看不清他脸上的表情。

他似乎有话对我说，最终动了动嘴唇，什么也没说，而是伸手扶着我。

我好想开口问他为什么要瞒着我，旁人也就算了，他可是小一啊，他是无论如何都不会欺瞒我的小一啊。

为什么连他也要参与到那样的事情中？

我使劲推开他的手，头也不回地走回了家，在家待了很久，爸爸才回来。他看了一眼坐在门槛上的我，轻轻叹了口气：“小一他们……我把他们送走了。”

“菁菁，我知道你在怪我……”他似乎想说什么，目光越过我，落在了门前空地上的那簇花上。

那簇花是我妈种的，她满心欣喜地等着它们开花，谁知道它们才开花没多久，她就离开了。

我站起来，拍拍身上的灰尘，朝我的房间走去，转身的瞬间，眼泪再次夺眶而出。那些花儿这么美，也不知道她生前注意到了没有。

离开的人离开了，活着的人还得重新回到生活的轨道里，带着痛苦继续以前的日子，这才是最残忍的事情吧。

我请假在家，待了一周之后就收拾东西回了学校，不过一周没来，学校并没有半点儿变化。

我推开宿舍门时，那种微妙的心情总算平静下来，我不想承认，可是又不得不承认，我在躲着李珂和许紫清。不只是她们，甚至包括程颢和秦晟一，当然，还有顾景泽。

我不想和他们碰面，不想和他们说话，只想像蜗牛一样躲在壳里。

李珂和许紫清回来的时候天色已经很晚了，我躺在床上，随手拿出耳机塞进耳朵里，伴随着“噔噔”的脚步声，李珂的声音从我身后传来。

“姜菁菁……”她的声音特别小，完全不像她以前的作风。

也真难为她了，这么小的声音我能听到，完全是因为耳机的那端根本

没有插在手机上，我没有在听歌，也没有在听广播，我只是单纯地不想和她们说话。

“姜菁菁……”她又低声喊了一遍。

我闭着眼睛，一动也不动，只当没听到身后传来的声音。

不知道过了多久，我听到许紫清重重地叹了口气，说道：“你别管她，让她睡吧。”

第二天醒来的时候，李珂和许紫清已经起床了。

看到我醒来，李珂开心地朝我走了过来，但是很快，她脸上的笑容消失了，因为我扭过头拒绝和她对视，那意味着什么，她心知肚明。

出去的时候，许紫清也试图和我搭腔，结果被我无视了。要是放在平时，许紫清肯定早骂了，可是如今她也只是轻轻叹了口气，转身离开了。

整整一天，我没和别人说过一句话，上课的时候专心听课，下课了就收拾东西离开。晚上回宿舍的时候，我被程颢拦住了去路，也不知道他到底站在这里等了多久，因为下课之后我就钻进了图书馆，看了整整三个小时的书才出来。

程颢站在我面前红着眼眶看着我：“姜菁菁，对不起，对不起啊……”

有那么一瞬间，我还以为他开启了复读模式，因为他一直在重复那几个字。我站在他面前，一时之间也不知道该说些什么。

时间一分一秒地过去，整个过程我都冷着脸站在他面前，不曾开口说一句话。

他终于停止了复读模式，朝我走近了一步，微微叹了口气，他说："姜菁菁，你要我怎么做啊？要我怎么做，你才能开口说话，才能……原谅我……"

我和程颢从记事起就开始在一起玩，这中间当然也有吵架的时候，可是他从来没像今天这样说出这样的话。程颢虽然不学无术，胆小如鼠，但是他眼中从来没出现过这样的神色，那么卑微而渺小，带着一丝乞求。

再怎么说，当初他也是青沙镇一霸，身后跟着很多小弟呢。

"你什么都不要做。"我终于开口，这些天极力隐忍着的难过、自责、痛苦在这一刻脱口而出，"什么都不用做，这样就好，就这样让我恨着、埋怨着就好。"

"要不然……"我的声音开始发颤，双手开始发抖，"要不然我会恨死自己的，恨我当时在画室的时候，竟然为了怕打扰顾景泽，而千方百计想要挂电话，恨我自己没在那个时候多和我妈说一句话……"

对啊，这才是我背负着的厚重的壳，不是因为他们，不是因为任何人，而是因为我自己。因为我在那一刻竟然没有陪我妈多说一句话，我竟然把亲情抛之脑后……

所以，让我埋怨吧，让我恨着吧，要不然我快要被胸腔里那团名为内

疚的火焰吞噬掉了。

就在这个时候，身后有人拉了我一把，把我揽入怀里，熟悉的洗发水味道蹿进我的鼻子里，秦晟一的声音在头顶响起，他说："是我不对，是我不好，我不该瞒着你，不该……对不起。"

"你要恨，要埋怨都好，但是你要快点儿好起来，快点儿振作起来啊，姜菁菁。"他紧紧地抱着我，我把头埋在他怀里，再也忍不住了，眼泪大滴大滴落下来，砸在他的胸前。

从我妈走了之后，我哭了无数次，崩溃了无数次，从来没有一刻像现在这样让我觉得安心，让我对未来不再恐惧。

大概是因为抱着我的人是秦晟一吧，是记忆里的小一吧。

我不知道我躲在秦晟一怀里哭了多久，后来终于停止了哭泣，从他怀里出来时，才发现许紫清和李珂正站在程颢身边。在对上我的目光时，李珂又忍不住扑了过来，她紧紧地搂着我的脖子，一遍遍喊着我的名字，她说："姜菁菁，姜菁菁……"

我快被她勒得喘不过气了，最后还是许紫清把她的手掰开了，边掰边说："你再这样下去，姜菁菁就得……"

大概是害怕提到某个字让我难过，她顿了顿，很快改口了："就得去医院了。"

我们几个就这样，又彼此抱成了团，或许对他们而言，我不过是个曾经出走又回归的朋友，可是对于那个时候的我而言，他们像是突然朝我包围过来的光芒。

我埋怨了很久，恨了很久，在看清楚自己的内心，彻底面对自己之后，不得不抓住他们伸出的手。

我太孤单了，我太需要有人陪我走出那段伤痛了。

哦，对了，我的知识竞赛成绩很好，进了全国前十，这本来是一件值得庆幸的事情，可是知道喜讯的那天，所有人都沉默了。我特地去了我妈的墓地，告诉她如她所愿，我真的进了全国前十，不管怎么说，总归是件值得开心的事情吧。

风呼呼地吹着，我一个人站在那里对着墓碑发呆，也不知道我说的话她能不能听到……

可是不管她听不听得到，我都想告诉她，想和她说说话。

“妈，您放心，我会好好活着，快快乐乐地活着，一定。”

我决定逃脱那个由悲痛、内疚和自责织成的网，要开始新的生活，离开的人离开了，活着的人要更好地活着才可以。我相信，天上的她一定是这么想的。

我花了很长时间，走出那段伤痛的岁月，告别了暑假，就在开学之际，接到了另一个消息。

顾景泽要跟着他妈妈走了，去加拿大，这件事是顾景泽亲自打电话告诉我的。后来，他问我临走前能不能见个面，我犹豫了一下，最终还是去了。

其实，对于顾景泽要去加拿大的消息，我一点儿都不觉得意外。高中时就有过他要出国的传闻，所以在这个学校看到他的时候，我才会那么惊讶。

那天，我和顾景泽见面之后谈了许多，他大概从程颢那里知道了我内疚自责的原因，特意道了个歉。

其实说起来并不怪他，这是我自己的选择，可明知道是这样，他提起我妈的事情时，我的心还是像被揪住了一样，隐隐发疼。

忽然，他伸开了双手抱住我："姜菁菁，我们就此别过，希望你从此以后喜乐无忧。"

顾景泽走的那天，我们都去送了他，包括李恩源。

好久没有见到李恩源，再见的时候，我和李珂还是被她的美貌惊了一下。

怎么会有这么好看的女孩子啊，举手投足之间都有着跟我们完全不一样的气质。

顾景泽临登机时，过来和我们一一道别，走到李恩源面前时，他微微笑了笑，张开双手给了她一个拥抱。他没看到，可是我和李珂都看到了，李恩源在那个瞬间红了眼眶。

最后，我望着顾景泽越来越远的背影，不禁想起了那天他问我的那句话。

他问："姜菁菁，你要挽留我吗？对于你的喜欢，我并不觉得讨厌，如果你挽留的话，我会……"

"不。"我看着他，摇了摇头，平静地说出自己花了好长时间才确定的心意，"你已经决定好的事，没必要为了我而改变，而且……"

"我知道，说起来可能有点儿不像话，可是在我心里……"我转身看着窗外，"对你更多的是仰慕和崇拜，我从小生活在青沙镇，所以突然出现而且带着和青沙镇完全不一样气息的你，让正处于好奇年纪的我以为是喜欢……"

真的抱歉啊，直到最近……或许更早，我才慢慢弄懂了到底什么是喜欢。

顾景泽看着我，嘴角微微扬起："是秦晟一吧……从你因为担心他，不相信我而报警开始，我就应该猜到的，还有……"他顿了顿，笑着说道，"还有那次拒绝我一起看电影，都是因为他吧。"

顾景泽走后的第三周，李恩源再次成为了学校论坛的热门人物，因为她拒绝了校草的告白，并且说自己已经有喜欢的人了。校草大概是没被人拒绝过，愣了很久才开口说："他已经出国了……"

李恩源一如从前般优雅地回答："不管他去哪里，我喜欢他的心是不会改变的，追随他而去的心也不会改变……"

当然，这些都是时刻关注学校论坛八卦的李珂告诉我和许紫清的，当时我正在低头看书，在抬头的瞬间，就看到许紫清翻了个大白眼，说道：

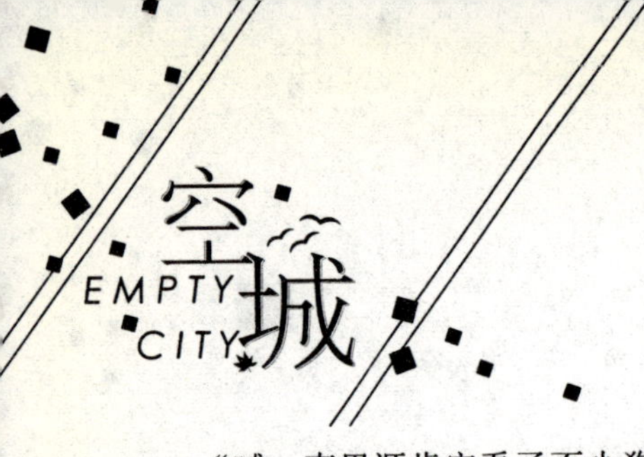

“嘁，李恩源肯定看了不少狗血的言情小说，要不然也不会说出这样的话来。”

许紫清的话音刚落，李珂就在她耳边笑嘻嘻地调侃：“你怎么知道的？啊，对了，你总是看李恩源不顺眼，我觉得她挺好的，长得漂亮，还痴情，她哪里惹你了啊……”

“她当然没惹我。”许紫清放下手机，白了李珂一眼，“我看所有长得好看的人都不顺眼，不行吗？”

李珂没再说什么，趁许紫清不注意的时候，她转过头对我说道：“她是嫉妒！女生啊，嫉妒心太可怕了。”

刚说完，她像是想到了什么似的，又补充道：“说起来，还有程颢追过李恩源的原因吧，小霸王这人也太小心眼了，她也不想想，如果李恩源当初接受了程颢，哪里有她什么事啊。”

我没有接她的话茬，而是笑了笑，随手翻开一页书。其实也不见得，李珂是没见过当时程颢表白的场面，要是见了，大概就明白了，总有些人对感情反应迟钝，不知道自己心里喜欢的到底是什么。

程颢是这样，而我又何尝不是呢？

许紫清给程颢打了个电话就出去了，李珂躺在我身边和我扯闲话，后来，她突然把头靠在我肩膀上，瓮声瓮气地说道：“姜菁菁，你是我最最重要的朋友，所以，以后不管发生什么事情，生气也好，难过也好，你都不要不理我。”

事情已经过去了这么久，李珂才敢小心翼翼地和我说这样的话。在参加葬礼的时候，许紫清有句话说对了，那个时候他们心里肯定也很难受吧……

我没说话，匆匆合上了书：“你想吃什么？我请你。”

本来只是想简单地请李珂吃个饭，结果这家伙得寸进尺，愣是拽着我去了步行街。

步行街离我们学校有点儿远，我本来是拒绝的，可是耐不住她的死缠烂打，最终只好同意了。

连着逛了好几个小时，直到我的腿都发麻，李珂才提着购物袋，拖着我进了旁边一家小吃店，准备休息一下。

因为还不到饭点，所以小店里并没有多少人，除了我和李珂之外，就只有两三个客人零散地坐着。大概是因为不太忙的原因，老板娘也正坐在凳子上，和一个年纪相仿的中年女人聊天。

我和李珂所坐的位置离她们有点儿近，所以她们说的话都落在我们耳朵里，李珂边听人聊天边和我说：“姜菁菁，你不觉得吗，女人天生就是爱八卦？”

她刚说完，我就忍不住笑了：“你在说你自己吗？”

要知道，一旦学校里出了什么八卦绯闻，李珂绝对是第一批知道的，

她不只自己知道，还要有模有样地说给我和许紫清听。

老板娘和中年女人从家事聊到邻里八卦，最后又聊到了最近几个月的新闻上，她往身后的桌子上一靠，一副神秘兮兮的样子说道：“你知道两个多月前的那场车祸吗？”

中年妇女点了点头：“知道，听说了，只是那时候我送我家儿子去画画了，没亲眼看到，但是后来回来的时候倒是听说了，是被卡车撞的吧？听说被撞了之后流了好多血呢，那样……到医院也不行了吧？”

老板娘点了点头，说道：“听说已经去世了，你不知道，那个卡车司机也倒霉……”

“不是他撞了人吗？怎么会是他倒霉啊？”中年妇女继续询问。

这个时候，我身边的李珂忍不住翻了个白眼，小声说道：“这老板娘竟然说肇事司机可怜，那被撞的人就活该啊……”

我担心老板娘听到李珂的话，赶紧用手捅了捅她的胳膊，示意她别说了。就在这个时候，老板娘开口了：“不是司机撞的她，是她撞到人家车上的啊……你不知道，那天我刚好买完菜回来，全看到了……”

“啊，她撞的？是想不开吗？”

“唉……”老板娘叹了口气，摇了摇头，“这可不是，我看得清清楚楚，在她撞上去之前，曾经和别人发生争执，就是那个人和她推推搡搡，她才不小心撞上去的。”

说到这里，她顿了顿，皱着眉头想了会儿，说道：“那个人也是个女的，看样子和你我年龄差不多大，但是她看到出事之后，飞快地跑了。我虽然没看到脸，但是看到她的身形和头发了，一头大波浪卷。”

那个中年妇女似乎听入迷了，过了好久才反应过来：“啊？当时还有人看见了吗？你们没和警察说吗？”

老板娘摇了摇头：“我怎么和警察说啊？当时看到的倒不只是我一个人，但是那些看清楚的人说那只是意外……”

“所以说，那个司机也是倒霉啊……”

我和李珂吃完，结账出去的时候，小吃店老板娘还在和中年妇女感慨着，李珂走出店门之后饶有兴致地问我：“要真是按照那个大妈所说，那个和被撞的人推推搡搡的人不就是要负责任了吗？”

我摇了摇头，对李珂说道：“你啊，学校的八卦你讨论讨论就行了，怎么出来吃个饭，你也对小吃店老板娘口中的八卦感兴趣？”

李珂白了我一眼：“得了吧，别说我了，刚才我看你也听得津津有味。”

“我那是没办法不听，我们坐的位置离老板娘那么近，她们说话，自然会传我耳朵里啊，总不能让我捂着耳朵吧。”我随口反驳了李珂几句，然后抓着她的手离开了。

在走到路口的时候，我看了一眼路牌——

慧春路。

我们学校是在北边，所以我们俩走到了马路的另一边，坐了一辆出租车回去。回学校之后，李珂试了试新买的衣服，就去了跆拳道馆训练，我闲来无事，就掏出手机开始玩起小游戏来。

小游戏快打通关的时候，屏幕卡住了，一个电话打了进来，是秦晟一。

接了电话之后，他问我在哪里，得知我在宿舍之后，便说现在正好无聊，不如一起出去转转。

说完，秦晟一不等我回答，又说道：“你来南城这么久，还没去过南城大桥吧，等下我们去看看？”

南城大桥建在护城河上，虽说那边风景超级好，最近还有连着几天的烟花大会，很值得一看，但是今天我已经跟着李珂逛了太久的街，完全不想再走路了，只好拒绝了秦晟一的邀约。

秦晟一听到理由后，笑着说道：“那明天吧，正好明天是烟花大会的最后一天，我们一起过去看看，今天你先休息吧。”

我答应了秦晟一的邀约，挂掉电话准备继续玩游戏，结果发现手机快没电了，只好作罢，去给手机充电，正好我可以趁机睡会儿。

睡醒的时候，许紫清已经回来了，她正坐在床边涂指甲油，见我醒了，她开口说道：“姜菁菁，你猜我今天遇到谁了？”

我伸了一下懒腰，趴在枕头上问道：“我哪里知道？”

“秦晟一的妈妈啊！”她一边涂指甲油，一边对我说道，“就在新广场那边，你知道吧？新广场那边那个大商厦快要开业了，也不知道是不是和秦氏集团有关系，反正我在那里看到秦晟一的妈妈了。”

我刚睡醒，迷迷糊糊的，没有理她。许紫清见我不搭理她，忍不住开口说道：“你说，秦晟一好歹也是个长得帅还有钱的人啊，以后是要继承家业的，为什么偏偏要跟你和程颢这种土鳖天天混在一起啊！我怎么都想不明白。”

我对许紫清的话并没有任何反驳的兴趣，“哦”了一声，翻了个身，准备再睡一会儿。

见我反应冷淡，她忍不住“嘁”了声：“你这是什么反应啊？我和你说话呢，你听见了吗？”

我一边表示听见了，一边指了指正在充电的手机，拜托她帮我看看手机有没有充满电，许紫清瞪了我一眼：“自己下来看！没看到我正在涂指甲吗？”

我实在懒得下去，只好说了句“那继续充着吧”，就把头埋进了被子里。结果许紫清“腾”地一下站了起来，一边拿我的手机，一边冲着我嚷嚷：“懒死你吧！”

我稳稳地接过了她递来的手机，我的生活在经历了黑暗悲痛的时期之后，终于又一点点恢复过来，再次步入了平静的时期，而我们都不知道的是，平静的表面下暗流正翻涌着，伺机将我们吞噬……

本来和秦晟一说好，让他在学校外面等我，然后一起出发去南城大桥看烟花，但是后来他接到了他爸的电话，说必须回家一趟，所以他只好先

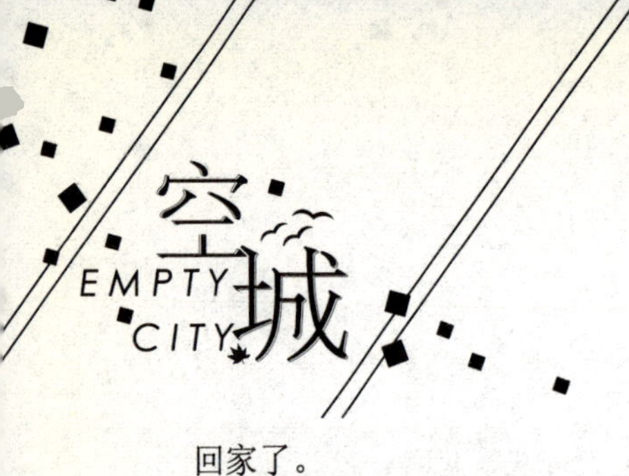


回家了。

本来说好他处理完家里的事情之后，就会来学校接我，可是中途他又得处理其他事情，再回来接我的话，估计看不到烟花大会的开幕式了。所以，我们俩商量好了，就从各自所在的地方出发，然后在南城大桥集合。

秦晟一再三确认了我可以自己过去，这才挂了电话。谁知道挂了不到两分钟，他又打了过来，说："我这边估计还要一个多小时，要不这样吧，我让福叔把你接过来，你在这里等我一下，然后一起去。"

"不用这么麻烦，我自己从学校过去就可以了。"我一再强调完全可以自己过去，并且想趁着空出来的时间，去南城大桥附近的新广场那边转转，他这才同意。

有时候事情就是这么凑巧，我刚到新广场，竟然看到了我爸，而且他并不是一个人，而是在和身边的人说着什么。

他身边有个特别大的竖着的广告牌，我没看清楚他旁边站着的人，我只当他是在和熟人说话，所以放轻了脚步，准备绕到他身后，给他一个惊喜。

以前李珂曾跟我们开玩笑，她说，惊喜可不是谁都能承受得了的，一不小心就会变成惊吓。

也不知道李珂从哪里看来的歪理，她本来还期待着得到我和许紫清的夸奖，结果却遭到了我们俩的白眼。

这种歪理有什么可夸奖的啊。可是，在我轻手轻脚走到我爸身后几步远的地方时，才惊觉李珂那句话说得很有道理。

因为此刻我爸身边的不是别人，正是秦晟一的妈妈，虽然从我这个角度只能看到她的侧脸，但是她脸上那副巨大的墨镜，以及说话的声音，瞬间让我猜到了就是她。

秦晟一的妈妈在这里，我并不觉得惊讶，毕竟之前也听许紫清说了，在这边见过她。这样看来，那个大厦似乎真的和秦家有关系。

而我也不是有意要偷听他们的对话，而是因为之前和秦晟一的妈妈见过面。虽然那次印象不太好，但我还是觉得应该去打个招呼。

可我还没走到他们身边，就听到了我爸的声音："不管怎么说，是我们对不起菁菁她妈，这些……也都是我们亏欠她的，唉……"

就这么一句话，我再也没办法挪动脚步，僵直了身子站在原地，听着他们俩说着我不太明白的话。

"你也知道，当时我是真的无暇顾及……"秦晟一的妈妈摘下了墨镜。

"这件事情……"我爸打断了她的话，"还是别让菁菁知道了，她要是知道了，肯定更难接受。"

"我今天来找你，就是为了这件事……"他似乎是在思索着要如何说出来，"那天的事情就让它过去吧，你不是来这里有事要忙吗？去吧。"

秦晟一的妈妈往旁边站了站，"嗯"了一声，她似乎准备离开了，可往前走了两步，突然又停下了脚步。

"我也没想到那天她会去慧春路找我，没想到会这样……"

她说完这句话，叹了一口气，转身离开了。

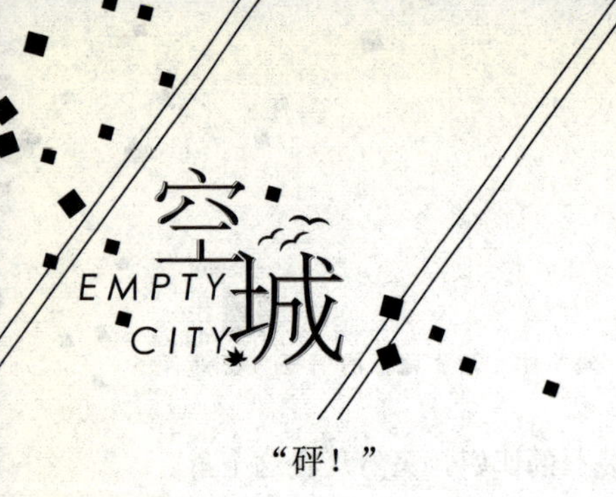


“砰！”

仿佛有什么东西在我的脑海里炸开了，那些以前从未注意到的细枝末节一点点连接起来：小吃店老板娘的话，秦晟一妈妈的话，我爸的话……还有，当初死活不告诉我肇事者是谁的事情……

是她！竟然是她！

是秦晟一的妈妈！

比起肇事者是秦晟一的妈妈，最让我愤怒的还是爸爸的反应……他明明知道，却还瞒着我，还和这个杀人凶手见面！

一时之间，也不知道哪里来的勇气，我朝他们两个跑过去。我想质问他们，问他们为什么这么做，为什么那样对我妈。尤其是我爸，他以前不是什么事情都顺着我妈、对我妈好的吗？

为什么这一刻杀人凶手就在他面前，他却平静地和她说话，还说过去的事情就让它过去？这是一个身为丈夫、身为父亲的人该说的吗？

“凶手！杀人凶手！”我冲着她吼道。

秦晟一的妈妈还没来得及离开，她扭头看了我一眼，脸上冷若冰霜。

“对不起。”她还没开口，我爸竟然先开口了，他跑来拦着我，对我说，“菁菁，你怎么了？你瞎说什么？”

秦晟一的妈妈就是这个时候离开的，她重新戴上墨镜，留给我一个冷傲的背影。

而我的爸爸，他没有去追杀人凶手，反而责怪起我来：“菁菁，你怎么在这里？你怎么能瞎说呢？”

他的话让我的一腔怨恨瞬间喷薄而出："是啊，我不该在这里，我要是不在这里，不就错过你们的谈话了吗？爸，我刚刚还觉得，为什么世界上的事情总是这么巧呢？先是我听到了别人关于车祸的描述，接着就听到了你们的谈话。为什么呢？因为这不是巧合，这是必然！

"天下没有藏不住的秘密，所有的秘密都会大白天下，这是上天可怜我和我妈，才让我知道的！"

原本我以为已经从失去妈妈的苦痛中熬了过来，虽然偶尔想起她，看到和她有关的东西还是会难过，可是这一刻，我才知道，不，我并没有熬过来。我的心里还会难受，还会疼，还会觉得绝望，我没办法接受失去她的现实，更没办法接受这件事情和认识的人有关……

爸爸的表情变了又变，最终，他叹了口气："你在瞎说什么？你妈是因为意外出车祸离开的，和别人没有关系。菁菁，我和你秦阿姨也只是恰好遇到，说了几句话而已。"

他竟然这样对我，他竟然否认！

我现在唯一后悔的就是刚才没有录下他们说的话，知道我没有证据证明，所以我爸才这么欺骗我吗？

我们两个在原地僵持许久，眼看着天色越来越暗，爸爸也只能不断地安慰我，让我别瞎想，然后说要送我回学校。

我不想和他说话，后退几步，看着他，又抬头看了看天空，再不走，他就要赶不上回青沙镇的车了。就算他做得再过分，再让我讨厌，他始终也是我爸。

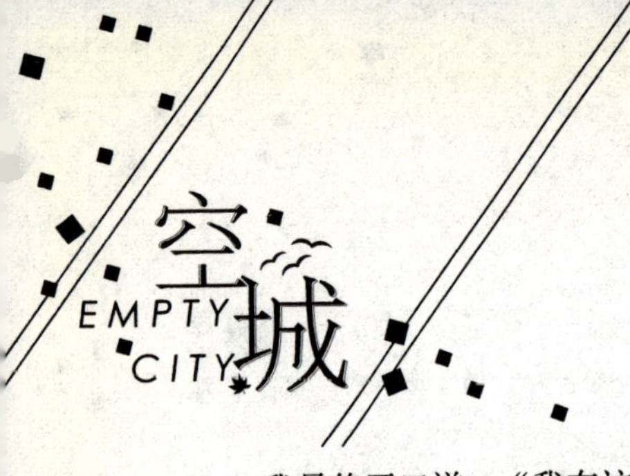


我最终开口道："我在这里等朋友，您先回去吧。"

爸爸站在那里犹豫良久，然后开口："菁菁，真的不是你想的那样。"

我知道，再和他说下去也没用，既然我没有证据，那我就找出证据来。

我看着他的背影消失在人群中，就在这个时候，我的手机突然响了起来。我拿出来一看，是秦晟一打来的。

# 第八章

08 chapter

EMPTY CITY

## 我无法伸手拥抱你

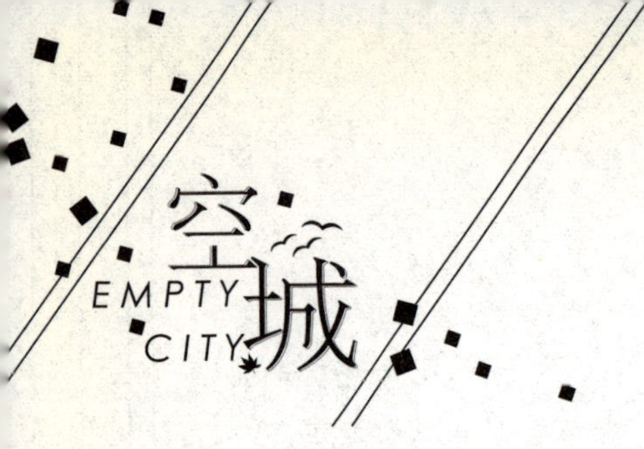


## 01

手机响了一遍又一遍，我站在原地，茫然无措地看向四周，一时间，竟然不知道该不该接电话。并不是我不想接，只是接了之后，不知道要和秦晟一说什么，要怎么告诉他我刚刚无意之中窥见的秘密……我要怎么告诉他，他的妈妈就是导致我妈死亡的凶手。

明明还是初秋，我穿得很厚，可我还是能感觉到一阵又一阵的寒意朝我袭来。天越来越暗了，新广场这边的人越来越多，甚至周围的商铺已经亮起了灯，而我依旧站在原地，看着这一切。

手机铃声又响了，一遍又一遍，我低头看了看，有时候是许紫清，有时候是程颢……

我实在不想接，索性把手机扔进了兜里，然后再没掏出来，任由它响着。

到底要怎么办？命运为什么要和我开这样的玩笑？

“姜菁菁！”秦晟一就是这个时候穿过人群朝我跑来的，他大概跑了很久吧，头上有着密密麻麻的汗，双颊有些红。

“你怎么不接电话？不是说好了要在南城大桥见面的吗？你要是不想去看烟花，和我说一声就可以了啊！

“打你电话不接，发短信也不回，你知道我跟程颢他们跑了多少地方吗？就为了找你！”

秦晟一在我面前站定，气急败坏地冲我大吼，这是我和他认识以来第一次见他如此生气。

一时间，所有的委屈涌上了我的心头。

你要我怎么和你见面？要我怎么和你一起去看烟花啊……你知不知道，就在刚才，我到底窥见了什么样的秘密？

那个秘密快要把我毁灭了，秦晟一！

我看着他，明明有太多的话想要说，最终还是选择了沉默。

我不知道，如果他发现了这个秘密要怎么办？他又会怎么对待这件事情？

大概是因为我久久不吭声，秦晟一脸上的愤怒转变为了焦急担忧：“你怎么了？发生什么事情了吗？”

他不问倒好，这么一问，我更加委屈难过起来。我不明白为什么上天不肯放过我，为什么让我好不容易从那段悲痛中活过来，又再度伸手把我拉下去？

一时间，眼泪在我的眼眶里打转，我只觉得自己的心碎成了一片片。

秦晟一顿时手足无措起来，他放轻声音安慰道："姜菁菁，我不是在怪你……你，你别难过，不去看就不看了，没事，以后再遇到这种事情，你不要不接电话就好了。

"我真的只是在担心你，生怕你不接电话是出了什么事，并不是责怪你。"

他越是这样说，我心里越觉得难过，小一是一个多么好的人啊……我那么喜欢他，却只能低垂着头，极力忍着不让眼泪落下。

秦晟一伸手把我抱进怀里，他的下巴抵在我的肩膀上，我能清楚地听到他的呼吸声。

"砰砰砰——"

南城大桥的烟花大会开始了，越来越暗的空中开出绚丽的烟花，周围来来往往的人几乎都停下了脚步，抬头朝着南城大桥的方向看了过去。

秦晟一就是这个时候突然开口的。

他说："姜菁菁，我喜欢你，我们在一起吧。"

你喜欢的人也正好喜欢着你，这该是一件多么美好幸福的事情。

可是，偏偏命运要把我们推到这种境地。

我也喜欢你啊，我在心里一遍又一遍地说着。

"从前，你喜欢顾景泽，所以我一心想要默默陪着你，守护着你就够了，可现在顾景泽走了，你可不可以给我一个机会，一个爱你、牵你手、陪着你走下去的机会？"

在漫天烟花声和周围人的欢呼声中，秦晟一的声音是如此温暖而又清晰。

不行，不行！

我从这个美好的梦境中惊醒，不，我不能答应……我们怎么可能在一起？

你妈妈是杀人凶手啊！

我深吸一口气，努力让自己的声音恢复平静，我看着他，摇了摇头：“不。”

秦晟一，我们不能在一起。

秦晟一伸出手，似乎想要抚摸我的头发，却蓦然僵在了半空中，他看了我许久，然后有些尴尬地收了回去。

他对着我笑了笑，笑容一如从前，可眼底还是带上了一丝忧伤：“那……还要去看烟花吗？虽然错过了开幕式……”

我摇摇头，决绝地说道：“不。秦晟一，从今以后……我们不要再见面了。”

“砰砰砰——”这一刻，又有烟花在天空中绽放开来，借着那些光，我才看清楚他的表情。

我也说不上来，那一刻他的眼神里包含的到底是什么，可是，那个眼神在后来总是被我频繁梦到。

我知道，自己这一辈子可能都无法忘记他当时的眼神了。

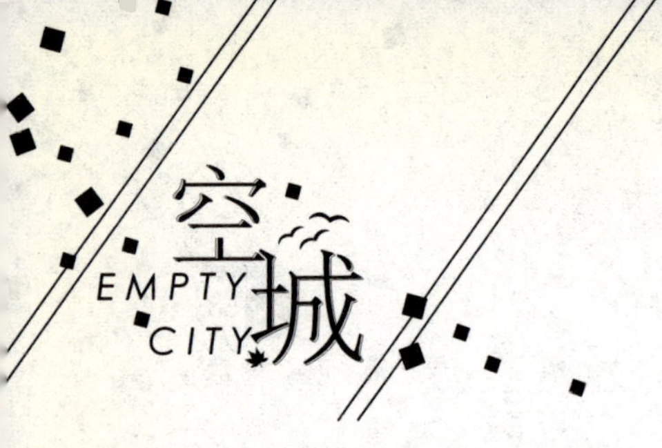


02

那天回去之后，许紫清和李珂怒气冲冲地骂了我一顿，尤其是许紫清，有一瞬间，我甚至觉得她要对我动手了。

“姜菁菁，你也是二十多岁的人了，怎么这么让人操心啊？电话不会接吗？不接电话，你拿着手机干什么啊？还不如卖了买个土豆吃！”

许紫清越说越生气，最后还是李珂拉着她，示意我平安回来就好了，这才阻止了她的下一步动作。很快，程颢也打了电话过来，他肯定是从秦晟一那里知道了我平安回来的事，电话刚接通，他就和许紫清一样冲着我嚷嚷。

“姜菁菁，你怎么能这样啊！你知不知道打你电话不接，我们多着急啊？你知不知道秦晟一为了找你，在新广场那边腿都快跑断了！”

直到我一个劲地道歉，表示以后再也不会发生这种事情了，他才挂了电话。挂电话之前，他笑嘻嘻地说道：“出来吃饭吧，好不容易找到你，怎么都得庆祝一下啊，我请。”

我犹豫了一下，拒绝了他的好意：“还是不了。”

我现在哪里有胃口吃饭啊，我的心里早已乱成一锅粥了，不过，我的拒绝程颢压根没放在心上，他呵呵一笑：“就这么定了，我去订位子，等一下你们一起下来。”

看来今天我不去是不行了，果然，电话刚挂没多久，许紫清就接到了程颢的电话，她“嗯”了两声，然后看着我，笑道：“你放心，我一定会把姜菁菁拖下去的，她要是不去？呵呵，打残她的腿，用轮椅推也得推下去。”

她这几句狠话明显是说给我听的，李珂趴在我耳边说：“你要是真不去，我觉得小霸王真的会把你打残废……你都不知道，今天你不接电话的时候她多生气！”

李珂在一边添油加醋地说着我不去的后果，就在我犹豫着到底要不要去的时候，突然收到了秦晟一的短信。

只有三个字，他说：“我不去。”

我看着屏幕上的三个字，久久无言，我真不知道自己要怎么去面对他。我害怕在和他的交锋中，轻易卸下自己的伪装，怕自己忍不住告诉他真相，怕自己忍不住告诉他我喜欢他。

不……不允许，绝对不允许。

我还要去调查我妈的死因，而且这个结果很可能和他妈妈有关，我怎么能在这种情况下还和他在一起？

那顿饭我最终还是没去吃，因为许紫清接了她小弟的电话，说是有点儿事让她出去一下。应该是没办法推脱的事情，要不然许紫清也不会满脸愁容了，然而现在她要去见小弟，程颢放心不下，自然也要跟着去。

许紫清准备出门之前，还回头对我和李珂说：“我和程颢商量好了，这顿饭改天再吃吧，他请！”

许紫清出去之后，李珂来到我身边，抓着我的胳膊晃了好久，才开口：“姜菁菁，小霸王和程颢有事，我们不是没事吗？不如……你喊上秦晟一，我们三个出去吃饭。”

我摇了摇头，表示自己有些累了，吃饭的事情改天再说，然后直接爬上了床。就在我快睡着时，听到李珂在那边打电话。

“哦，好着呢，没觉得她不对劲啊，这会儿貌似睡着了……好，知道了！”她的语气里有着一丝兴奋，“真的吗？请我们吃饭？刚才我还说让姜菁菁喊上你，我们三个一起去吃饭呢，结果她说累了不去。”

她又说了两句，就挂了电话。没过多久，李珂就开始拿着手机看那些下载好的韩剧。我听着声音，渐渐进入了梦乡。

我醒来的时候，已经是隔天早上了，李珂还在熟睡中，许紫清已经起床了。她坐在床上正在发短信，手指按得飞快，看到我醒来之后，她抬头瞅了我一眼：“程颢说中午我们一起去吃饭。”

一时之间，我想不到拒绝的理由，只好点头答应了。后来上课的时候，李珂曾偷偷发短信给我，她说：“姜菁菁，怎么办？我和秦晟一说好了今天我们三个一起吃饭呢，小霸王那边怎么办？”

我趁着教授在黑板上写字的空隙，快速回了短信：“我和程颢他们一起吃，你和秦晟一去吧。”

李珂很快就回复了：“姜菁菁，我感谢你，让我和单独和秦晟一吃饭，太赞了！”

下课之后，李珂第一时间跑来我这边，对着我又是抱又是蹭的：“姜菁菁，啊，怎么想都觉得开心！”

我一边点头，一边示意她赶紧撤，要不然等一下许紫清要来这边找我，看到她，绝对要带她一起走。李珂听我这么一说，迅速跑了。

等到和许紫清一起去吃饭的时候，我才知道李珂为了能跟秦晟一一起吃饭，撒了个多狗血的谎，她说她要去相亲。也不知道李珂究竟是怎么想到这个理由的。

当时正在喝汤的程颢，在听到许紫清说出的理由时，差点儿一口喷出来，最后在我和许紫清的注目下，他才艰难地把那口汤咽了下去。

“啊，对了，说起来……”程颢瞥了我一眼，“秦晟一今天有点儿奇怪啊，平时如果说我们大家一起吃饭，他总是最积极的，今天不知道怎么回事，说一起吃饭，他竟然说他有事，问他什么事情也不说。”

许紫清夹了一口菜：“你觉不觉得，吃饭就我们三个挺冷清的？”

她这么一说，程颢迅速点头了，然后他们又齐刷刷地把目光对准我，我摇了摇头：“吃个饭而已，哪有什么冷清不冷清的。”

话虽这么说，可是当我把目光投向隔壁桌那哄哄闹闹的十几个人时，心里还是涌上一阵失落感。

03

饭吃得差不多的时候，许紫清说她去一下洗手间，我和程颢便坐在位

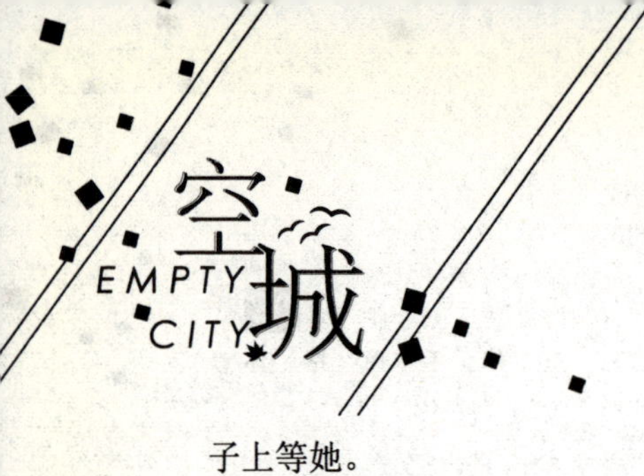

子上等她。

时间一分一秒地过去，都快半个小时了，还不见她人影，我终于按捺不住，起身打算去看看。

这家餐厅的洗手间在楼梯附近，离用餐的地方有些远，我刚到洗手间外面，就发现一群人在吵吵嚷嚷。

不知道为什么，看到这场面，我有些发懵，在原地愣着不知道该怎么办。就在我想着要不要回去喊程颢的时候，忽然在人群中看到了一个熟悉的身影。

那打扮，那站姿，不是许紫清还是谁？因为看到她在人群里，我也顾不得害怕了，迅速跑过去想把她从人群中拉出来，谁知道刚过去，就被人围住了。

许紫清朝我看了一眼，暗暗给我使了个眼色，让我快跑。可这种情况下，我怎么跑？

就在这个时候，我才看到人群中间的空地上坐着一男一女两个人，男生的头似乎被什么打了，正在流血，女生则蹲在地上呜呜地哭。

许紫清悄悄抓紧了我的手，一脸鄙视地看着面前的人："今天管这闲事的是我，以前惹你们的人也是我，不必牵扯无辜的人进来。"

对面有个染着黄头发的男生冲着许紫清笑了笑，目光落在我身上："是吗？上次你揍我的小弟时，可没有不牵扯无辜啊。"

"啊，就是那天痛哭流涕的那几个小弟？他们无辜？那天欺负那个女生被我阻止，还对我拳脚相加的不就是他们几个吗？你以为别人跟你一样眼睛？”

许紫清冷冷地看了他们一眼，然后使劲地推了我一下，想把我推出人群，结果后面有人挡住了，我依旧被困在人群中。

“今天落在你们手上，我无话可说。”她看了看我，“我许紫清是什么样的人，你们都清楚，我惹出的事情自己承担，你们要是谁敢动我的朋友一下……”

她目光凌厉，盯着对面那个带头的人的眼睛看了许久，然后朝围着我们的人一一看过去：“你觉得我会放过你们吗？”

许紫清的话音刚落，刚刚还站在我身后的人就稍微挪动了一下脚步，显得有些不安，可就在这个时候，那个带头的黄毛朝许紫清“呸”了一声：“那好，我们等着你来！”

我紧张地去抓许紫清的手，大概是看出我的恐惧，她深吸一口气，紧紧地反握住我的手。

就在我以为自己和许紫清这次免不了挨一顿打的时候，前面楼梯口处有个人正拿着手机朝这边看过来，在看到许紫清的时候，他愣了一下：“清姐，你怎么在这里？”

“这是怎么了？要打架吗？”他跑到我们前面，看着围着我和许紫清的人，突然笑了，下一秒，他就对手机那头的人喊道，“兄弟们，今天这饭估计吃不成了，还不下来！”

他的话音刚落，楼梯口就传来了脚步声，接着，有两三个人朝这边跑了过来。

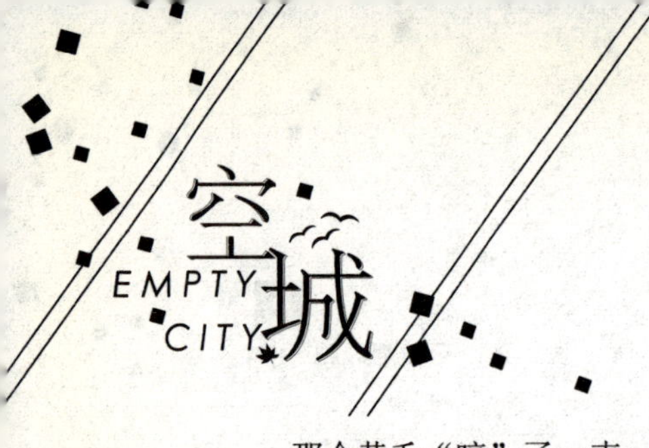


那个黄毛“哼”了一声，然后笑道：“就你们几个，以为我怕吗？”

他的话还没说完，楼梯口又下来了几个人，加起来大概有十个左右。那些人一下来，第一时间就跑到这边，一把推开了围着我们的人。

刚刚下来的那几个人，有几个我见过，他们在学校门口和许紫清说过话，其中有一个叫小奥。小奥似乎也记得我，他朝站在我身后的人腿上使劲踢了一脚：“人不多，但你们要是惹事，那我们奉陪。”

刚才还很凶的黄毛愣住了，他还没开口，他身边就有个人踮起脚尖，在他耳边低声说了句什么。他迟疑了一下，最后对许紫清扔下一句“今天就算了，下次你再多管闲事，可就没这么简单了”。

他说完，又回头看了一眼坐在地上的那个男生，冷哼一声，最终挥了挥手，带着人离开了。

小奥走到许紫清旁边，和她击了个掌：“哎哟，你怎么在这里？和朋友来吃饭啊？”

许紫清点了点头，瞥了一眼还在呜呜哭着的女生，有些不耐烦地说道：“别哭了，还不赶紧送去医院啊！还有，也不知道你们逞什么能，遇到这种事情不知道报警。”

听她这么一说，那个女生才擦干眼泪，扶着地上的男生站了起来。男生对许紫清道了谢，她满不在乎地摆了摆手，这才转身和小奥他们说起话来。原来，小奥他们在二楼包间吃饭，刚才最先出现的那个人来晚了，打电话问包间号，没想到碰到了这一出，不过这次如果不是被他看到，后果真的不堪设想。

我们走之前，小奥不放心地拍了拍许紫清的肩膀：“那群人很卑鄙，放心，我不会放过他们的。”

接下来，小奥就跟他的兄弟们上楼吃饭了，我和许紫清则去找还在等我们的程颢。

去的路上，她简单地和我说了一下刚才到底发生了什么——无非就是她去洗手间，出来看到别人以多欺少，许紫清的侠义精神瞬间被激发，也顾不得对方人多，直接出手帮忙。不过因为上次事情的教训，她本想打电话报警来着，谁知道来洗手间没有带手机，因此才发生了我看到的那一幕。

也幸亏今天在这里遇到了小奥他们，要不然，今天我们俩肯定要被人揍。

快走到用餐的地方时，许紫清轻声对我说：“这件事情你别让程颢知道。”

我看着许紫清好看的侧脸，微微点了点头，她不想程颢知道，我完全可以理解。要知道程颢一直都不赞成她掺和到这些事情里，如果让他知道了，他还得担心半天。

我点头之后，又忍不住拉住许紫清的手：“你也是，以后遇到这种事情就报警啊……”

许紫清白了我一眼：“我空手来的洗手间，怎么报警？”

说着，我和许紫清已经走到了外面，程颢靠在椅子上，瞪了许紫清一眼：“去洗手间要这么久吗？”然后不等许紫清回答，他又把目光放在了我的身上，“还有你啊，姜菁菁，你不是去找她了吗？一找也不回来了，我都准备去找你们俩了！”

对于程颢的话，我和许紫清自然无视了。

我们回去的时候，李珂已经回去了，许紫清看到她之后，眉毛一挑：“你相亲结果怎么样了？”

也不知道李珂是害怕许紫清看穿还是怎么回事，她趴在床上，埋着头一句话都不说。许紫清以为她是被相亲对象嫌弃了，我却知道不是那么回事。她根本没去见什么相亲对象，而是去见了秦晟一。

许紫清洗漱回来之后，见李珂还趴在床上不动，忍不住用手戳了她一下：“喂，你到底怎么了？倒是说一下啊，真的被相亲对象嫌弃了吗？要不要我去揍他一顿？”

她这么说，李珂才抬起头来，她看了一眼许紫清，又看了看我，最终大吼一声：“我再也不要去学跆拳道了！”

李珂这个反应，我也有点儿弄不懂了，这和跆拳道有什么关系？

许紫清斜眼看了她一眼：“怎么了？以前不是每天都嚷嚷着要成为跆拳道高手，以一打三的吗？怎么现在又嚷嚷着不要去学了？”

面对许紫清的疑问，李珂过了好久才开口，她说：“秦晟一说他不需要我保护。”

说完，不等我和许紫清反应过来，她就开始趴在枕头上呜呜哭起来。

一时之间，我和许紫清都傻眼了。

许紫清傻眼的是，不明白她怎么好端端的扯到了秦晟一；而我傻眼的却是，原来是这样，李珂喜欢秦晟一。

以前，我只当她因为秦晟一长得帅才犯花痴，从没往喜欢上面想过，可现在想起来，她虽然花痴，但是长久犯花痴的对象也只有秦晟一吧。

一时之间，我心里涌出了一种说不清楚的感觉。

李珂哭了一会儿，才抬起头看我和许紫清，见我们俩愣着不说话，最后擦干眼泪嚷嚷道：“算了！不需要我保护正好，反正该死的跆拳道我也不想学了！”

说完，她抬头看了我一眼：“姜菁菁，我真羡慕你。”

从李珂的眼神还有语气，我已经猜到她知道了，知道了秦晟一和我之间的事，只是她到底知道多少，我并不清楚。

我只装作没有听到那句话，拿着杯子去刷牙，等我洗漱回来的时候，许紫清已经躺在床上和程颢煲电话粥了。

我换了衣服，躺下，拿起手机看了看，准备睡觉，正在这个时候，李珂突然爬到了我的床上，她推了我一下，示意我往里面挪挪，在我旁边躺了下来。

“姜菁菁……”李珂的声音很小，她也不敢抬头看我，“今天回来的时候，我和秦晟一表白了，我说想要保护他，他干脆地拒绝了。”

我正要开口说话，她又继续说："他说……他有喜欢的人，虽然没说是谁，但是我猜到了。平时我们在一起时，他的目光总是在你身上，而且请我吃饭，也总是在问你昨天回来之后的事……所以……"

"对不起。"我看着眼前的李珂，有些不安地开口，"我……"

"说什么对不起啊。"她终于抬头看我，对上我的眼神时，冲着我翻了个白眼，"你又没做错什么。"

过了一会儿，李珂又问："那你呢，你喜欢他吗？"

似乎是怕我因为她的心意而受到影响，她急忙补充道："我没别的意思啊，我只是好奇问一下，如果你也喜欢他，和他在一起是很不错的啊。我虽然喜欢他，但是我也知道，喜欢这种事情不能勉强。如果他喜欢你，你们在一起幸福快乐，我也开心啊。"

李珂说了一大堆，我的眼睛一瞬间有些湿润，说实话，在得知李珂心意的那一刻，我心里也是很不安的。

我害怕她会因为对秦晟 的喜欢从此开始疏远我，可现在听她这么说，我自然也明白，她是真的把我当成很重要的人。

李珂是一个多么善良的女孩啊。

我握着她的手，一字一句地说："我不能和他在一起。"

李珂忍不住抽出手，使劲地敲了一下我的头："不要答非所问！我问的是你喜欢他吗？"

我最终还是没回答她的问题，摆了摆手，示意她快点儿回自己的床上去，这么一张小床，两个人挤着太难受了。

李珂“哼”了一声，坐起来准备走，但是走之前，她又趴在我耳边说：“姜菁菁，我觉得，你要是喜欢就赶紧抓住！你不知道多少人惦记秦晟一呢，别等以后他跟别人走了，你再后悔得哭啊！”

见我没反应，她不再理我，爬回了自己的床上。

李珂知道的事情，用不了多久许紫清也会知道。果然，第二天许紫清就在宿舍堵着我，询问我和秦晟一之间到底是怎么回事。

我扯出了其他话题，说自己有事要出去，就推开她离开了。我并没有骗许紫清，我的确有事情要做，我得去慧春路一趟。

有些事情，我必须再去确认一下。

很不凑巧，我去的时候小吃店老板娘不在，店里的服务员说她的侄女生孩子，她去医院了，也不知道什么时候会回来。我等了一会儿，就起身告别了，服务员问我什么事情，他可以转告。

我谢绝了他的好意：“不用了，也没什么……就是想问她一点儿事情而已，不管怎么样，谢谢你了。”

从小吃店出来之后，我又问了附近几家店铺的老板，关于那天的事故，大多数人都是摇头说不知道，其中有一个老大爷，问我问这个做什么。

我说，就是想去看看。

听了我的回答之后，他摇了摇头：“小姑娘，你不觉得害怕吗？那里可是死过人的，我这段时间从那边过，都会觉得害怕，你找那个地方干什么？”

我一言不发地看着他，努力克制住刚刚涌上心头的悲痛，半晌才开口：“能告诉我在哪里吗？”

他狐疑地看了我一眼，最终还是告诉了我地点。

离那个地方越来越近的时候，我克制了许久的悲痛一瞬间涌上了心头。秋天的风吹在我的脸上，像是刀割一样疼痛，我已经完全分不清楚那疼痛到底是来自于脸上，还是心里。

终于到了，这个时间正好是下班放学的高峰期，这里来来往往的人很多，许多学生面带笑容，嘻嘻哈哈地从我身边走过。我站在那里，终于忍不住蹲下来大哭起来。

那天，她就是在这里出事的，就是在这里……

原本刻意忘记的伤痛就在这一刻席卷了我，之前我去墓地告诉她竞赛成绩时，曾经和她说过，一定会快快乐乐活着的……可是现在，我做不到啊，我完全做不到啊……

我哭了许久，最后站起来的时候差点儿没站稳，旁边一个阿姨扶了我一下，还关心地问我怎么了，要不要去医院。我摇摇头，谢绝了她的好意，然后拦了辆出租车，已经这么晚了，今天只能先回学校了。

回去之前，我躲在外面练习了很久，确定自己不会突然流眼泪之后，才强撑着笑容朝宿舍走去。庆幸的是，李珂和许紫清都没有看出端倪，甚至后来和程颢见面的时候，他也没看出来。

唯一觉得我不对劲的大概就是秦晟一了，那天无意间在学校碰到了，他站在对面看着我，过了许久，在我准备离开的时候，他喊住了我。

“姜菁菁，你既然不想和我见面，那就过得好点儿、开心点儿啊。”

我点了点头：“我会的。”

在我和他擦肩而过的时候，他突然开口：“你要是过得不好、不开心，我就会经常出现在你面前的。你要是讨厌和我见面，那就努力过得好点儿。”

就在那一瞬间，我特别想回头抱他，想告诉他我现在一点儿都不好。可是最终，我还是沉默着离开了。

我这几天一直在做梦，经常梦到我妈，在梦里她还在照顾着我，给我做红烧肉，我们过得特别幸福。可当醒来的时候，我却突然发现她已经离开我了，离开我几个月了，然后我就会躲在被子里偷偷地哭。

因为还要上课，所以去小吃店找老板娘的事情就拖到了周末。自从那天听到那些事之后，我就很少回家了，偶尔回去也是把自己关在房间里，尽量不和我爸接触，我怕会管不住自己，说出恶毒的话。

我爸给我打电话，问我这周回不回去，我说不回去时，他的声音里有一丝落寞，他说：“隔壁徐奶奶家的猫，上个月生了三只小猫，我想着你肯定喜欢，所以去抱了一只来，还想这周回来给你看呢。”

一时之间，我竟然不知道要说什么，最终还是心软了，点点头表示自

己会回去看的。

就这样，本来准备周六去找老板娘的事情就拖到了周日。

回家之后，我果然见到了爸爸抱来的小猫，黑白相间，很可爱，他给那只小猫取了个名字，叫“团团”。团团的到来，让这个经历了几个月低迷的家庭终于有了一丝活力。

我也只是和团团玩，很少和我爸说话，甚至刻意不去看他的表情，他大概也猜出来了，只是叹了口气，没有说什么。

后来我准备去学校的时候，他站在门口对我说：“菁菁，你相信我，那天的事情真的不是你想的那样。我和你妈就你这么一个女儿，我们所做的一切都是希望你快乐幸福。”

他这么说，我也不好再冷着脸对他，回头看着他笑了一下就离开了。因为待会儿还要去见小吃店老板娘，所以我没有等程颢，自己先坐车走了。

我快到小吃店的时候，接到了程颢的电话，他在那边不满地冲我嚷嚷：“姜菁菁，你这个忘恩负义的家伙！平时我去学校哪次不等你啊，你竟然丢下我自己走了！”

我实在懒得听他在那边啰唆，直接挂了电话，可没多久他就发短信过来了，说道：“你太让我失望了，好，我决定了，和你绝交三个小时。”

正好这个时候，车停在了小吃店旁边，我把手机塞进口袋里，然后下了车。

这次老板娘果然在，我去的时候，她正在收拾桌子上的碗筷。

我点了个菜，还要了饮料，就在门口的桌子旁坐下了。

等她忙完了，我开口问起了那天的事情，老板娘一听我问那天的车祸，有些狐疑地看着我：“你问那个做什么？”

我深吸一口气，极力忍着即将夺眶而出的眼泪，笑着说道：“啊，就是好奇嘛，听朋友说您看到了，所以……”

老板娘本来就是个健谈的妇女，听我这么说，索性在对面坐了下来，和我说了个一清二楚。她的话和那天我跟李珂在这里听到的没什么差别，她说完之后，还不忘记感慨一下：“不管怎么说，都觉得怪可怜的，唉……”

我憋着眼泪，又问了几个问题。我从她那里得知，那天和我妈推推搡搡的人个子不矮，应该有一米六八左右，她说着，还站起来比了比：“虽然站得远，但是我觉得她应该和我差不多。不过，也可能没一米六八，她好像穿着高跟鞋吧。”

还有，就是那天她提起过的大波浪卷发，老板娘在说这些特征的时候，我的脑海里浮现出了秦晟一妈妈的样子。

说起来，她的个子应该差不多吧……我记得秦晟一的妈妈的确不矮，之前见她的时候，她也一直烫着大波浪卷。我第一次在家里见她的时候，给我留下最深印象的也就是她那头长发了。

心里的不确定、怀疑，就在这个瞬间越来越清晰。我谢过了小吃店老板娘，然后准备回学校。

现在唯一要做的事，就是查秦晟一的妈妈那天在哪里，如果她恰好也

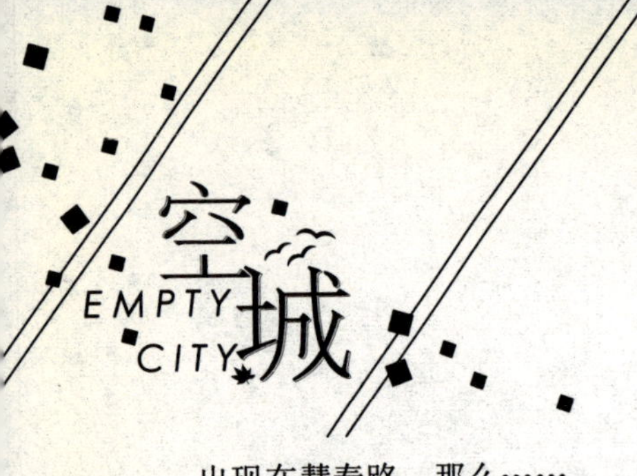


出现在慧春路，那么……

那么我的猜测就是对的。

她就是凶手，是害死我妈的凶手！

# 第九章

09 chapter

EMPTY CITY

为你独守一座城

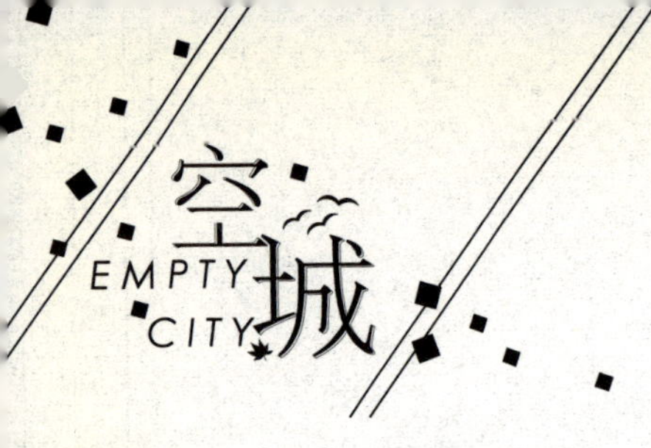


01

从小吃店走出来时，外面狂风乍起，地面上还未来得及打扫的垃圾袋在风中旋转。我抓紧背包带子站在门口，一时之间，竟然不知道该往哪里走。

“姜菁菁！”就在这个时候，远处突然有人在喊我的名字，我抬起头，看到了正往这边跑过来的李珂。

“你怎么在这里？”她跑到我身边之后，有些好奇地看着我，“不会跟我一样是来这边逛街的吧？这么巧？”

“是来打听几个月前那场车祸的。”我刚要开口，身后就传来了老板娘的声音，她乐呵呵地笑道，“哎呀，你是从很远的地方过来的？那好奇心也太重了吧，事情都过去几个月了，还要跑来这边看一看。”

她自言自语地说了个够，才转身回店里收拾。李珂站在我身边坏笑着说道：“哎哟，姜菁菁，平时我八卦的时候，你总说我像个八婆。我都说了吧，八卦是女生的天性，你死活不承认，非说那是我的个人属性。你瞧，现在证明了吧？”

我不想再在小吃店门口待下去，生怕一个不小心，那个老板娘再次冒出来说一大堆话，于是赶紧拽住李珂的手，示意她跟我走。

“八卦出什么来了？你得和我分享分享啊！一个人八卦最没意思了！”李珂跟在我身后，一边走一边继续刚才的问题。

我不想告诉李珂关于我妈的事，但也没办法在这个话题上故作笑脸和她胡闹，所以一直绷着脸不出声。

又走了几步，李珂终于闭嘴了，她小心翼翼地拽了拽我的胳膊，忐忑不安地开了口：“姜菁菁，是不是我说错话了？我没其他意思啊，你也知道，我这个人虽然话很多，可是那些话都是说出口就忘了，只是好玩，并没有其他想法。我刚才说你八卦也是开玩笑的，而且……我觉得女孩子八卦很正常的，你别生气啊……”

我本不想告诉她的，可是看到她忐忑不安、小心翼翼的样子之后，心里有了一种说不出来的感觉。李珂是我到南城之后认识的第一个人，她向来大大咧咧的，从来不会在意说的话别人会怎么想，现在她在我面前却是这副模样。

我停下脚步，抓住李珂的手，对她摇了摇头：“李珂，你不用担心我会生气，你、许紫清、程颢，还有秦晟一……你们对我而言，都是最重要的人。我绝对不会因为一些事情无缘无故生气，就算有一天你真的伤到我了，我也不会怪你。”

“我刚刚没接腔，并不是在生气，我来这里也并不是为了八卦……”

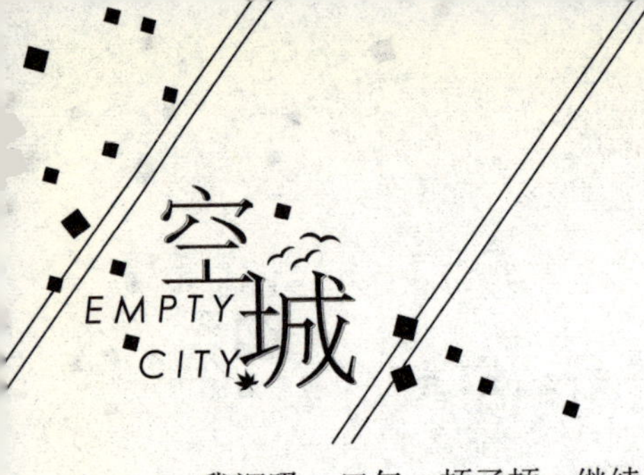


我深吸一口气，顿了顿，继续说道，“而是为了我妈的死因。”

李珂显然被我的话吓到了，她愣了好久，才磕磕巴巴地说道：“你的意思是……是……老板娘说的那个人是你妈妈？”

我点了点头，松开她的手，故作轻松地笑了笑。

“我总觉得，既然上天让我知道了这个秘密，我就一定要找出真相，找出那天导致我妈出事的凶手。”

“姜菁菁，对不起……我不知道……”李珂慌忙道歉。

我摇了摇头：“你别道歉啊，你一道歉，我的心里就更难受了，真的。”

李珂什么也没说，突然扑上来，紧紧地抱住了我，半晌她才开口：“姜菁菁，我知道，你心里肯定很难受。”

我轻轻地拍了拍她的肩膀，表示自己并不在意。

“可是……”李珂有些惆怅地看着我，“这茫茫人海，你要找那天和阿姨推推搡搡的人多难啊……”

我看着她，说道：“不，我心里已经有人选了。”

李珂歪着脑袋，问道：“有人选了？谁啊？”

按照现在的情况，我根本没办法告诉她，我心里的那个人选就是秦晟一的妈妈，所以最终只能深吸一口气，拉着她去等车：“等我确定了再告诉你吧。”

大概是看出来我并不想说，李珂没有再询问了。

到了学校没多久，程颢打电话给我，说有件事情想跟我谈一谈。

难得他用那么正经的语气和我说话，我只好同意，临出门的时候，我发现李珂正在发短信，在接触到我的目光时，她有些不好意思地避开了。

和程颢约好了去学校附近的咖啡馆，我原本还以为在那里会看到许紫清，毕竟他们两个现在不管去哪里都要带上对方，谁知道到了才发现只有程颢。

也不知道他在想些什么，正盯着窗户外面发呆，直到我伸手敲了敲桌子，他才反应过来。他看到我之后，刚刚毫无表情的脸上终于有了一丝笑意。

等服务生把我们点的咖啡端上来之后，程颢才开口："听说你在找和你妈事故有关的人，我……"

不用猜也知道，他肯定是听李珂说的，要不然李珂刚才在宿舍不会避开我的目光。

"是听李珂说的吧。"

"你别怪她，她也是担心，想帮忙……"大概是怕我怪罪李珂，程颢赶紧补充道。

我摇了摇头，我怎么可能会怪她？在告诉她的时候，我就已经做好了她告诉其他人的准备。

"我和你一起找吧。"程颢用勺子搅了一下杯子里的咖啡，"这种事，你一个人找的话要花很多时间，让我们帮你吧。"

我摇了摇头，这件事是我的私事，我并不太想牵扯更多的人进来。

谁知道，程颢看到我摇头之后，忽然一把抓住我的手，声音里带着乞求："姜菁菁，让我去做吧！不管是什么，让我帮忙吧。"

看着程颢这个样子，我只好无奈地开口安慰道："程颢，我知道你们关心我，但是……这是我的私事，而且有很多事情还不确定，也不确定这个举动到底是对还是错，所以……你们就这样待着吧，等我查出结果了，再和你们汇报。”

程颢摇了摇头，一脸倔强：“姜菁菁，你就让我们帮忙吧。就当是给我们一个机会，一个弥补你的机会好吗？”

他不等我开口，就继续说了下去：“虽然事情已经过去了，你已经回到了我们的身边，可是我们知道，你心里肯定不好受。这几个月来，只要一想到我曾经做了那么愚蠢的事情，我就要窒息了。不只是我，许紫清、李珂，还有小一，他们都是。我们不敢和你说，怕再惹你伤心，其实，我们一直背负着愧疚后悔，怎么都甩不掉……我们还要担心，担心你因为以前的事情伤心。”他说着说着，眼眶突然红了起来，“要是你伤心了，我们的负罪感就更大了。所以，这次什么也别说了，就让我们帮忙吧，就当是给我们救赎的机会，好吗？”

程颢期待地望着我，我最终点了点头。

这样也好，这样他们应该能从那件事情里摆脱出来了。

当初把亲情抛之脑后，是我的错，如果这个秘密是上天对我的惩罚，那就来惩罚我一个人，放过其他人吧。

我虽然点头了，但是一时之间也想不到让程颢做什么，所以只好说：

“等需要你们帮忙的时候，我一定会说的。”

后来大家都开始忙碌起来，为了即将到来的期末考试，我虽然心急寻找事情的真相，但是也不能扔下学业，所以只能暂时分出一大部分时间给学习。

这期间，我又见过秦晟一的妈妈好多次，她开车来学校找秦晟一，也不知道到底是怎么了，好几次我和李珂都看到他们两个在争吵。

李珂曾经关心地跑去询问过秦晟一到底怎么回事，但据她所说，秦晟一只是摇了摇头，并没有回答她。

哦，对了，秦晟一显然也知道了我在查那个事故的真相，因为他来找过我，无非就是不希望我再查下去。

他说：“姜菁菁，过去的事情就让它过去吧，我们不能总被过去缠绕着啊。”

如果是旁人跑来找我说这话，我就权当没听到，可偏偏说这话的是秦晟一，我一时之间也不知道该怎么对他，只好离开了。

大概是因为我当时逃得太快，以至于让他觉得我是真的不想和他见面，所以从那以后，但凡有我在场的饭局，他都不会出现。

程颢他们不知道我和秦晟一之间的事情，所以吃饭的时候，总是在埋怨秦晟一。

“真是的，也不知道每天在忙什么，一起吃饭的时间都没有了啊！”再次被秦晟一拒绝一起吃饭之后，程颢有些不满地埋怨了一句。

“或许他很忙呢，你们不知道吗？不是说他家公司最近出了什么事情吗？”李珂赶紧开口，试图替秦晟一解释。

“就是，堂堂一个大集团的少爷，能搭理我们就很不错了，难道要天天陪着吃饭啊？”许紫清抬起头，瞪了程颢一眼。

许紫清这话本来没有其他意思，可是不知道怎么回事，我心里竟然觉得有些不舒服。我随便扒拉两口饭，就说有事先撤了。

回宿舍之后，我在网上查了一下关于秦氏集团的消息，结果却看到了秦晟一的爸爸独自一人参加慈善晚宴，以及记者偷拍他和秦晟一的妈妈开车出去的照片。

我看了看，刚准备关电脑，可突然想到了画面上的那辆车……等等，秦晟一的妈妈前几次来找他，开的就是这车吧？

一时之间，有个想法在我的脑海里浮现出来。

那么，是不是只要证明我妈出事那天这辆车曾经出现在慧春路，就能证明那个和我妈推推搡搡的人就是秦晟一的妈妈？

毕竟那天她和我爸说了那样的话，毕竟有这么多的巧合在……

有了这个想法之后，我随手下载了那辆车的图片放在了手机里，甚至特意去查了一下车的型号。因为网上图片的车牌号被水印挡住了，所以一时之间也查不到其他的信息……

周末，我和程颢一起回家，程颢的手机没电了，非要拿我的手机和许紫清发短信。实在没办法，我只好把手机递给了他。

回去的路上，车厢里有点儿沉闷，我歪着头靠在车窗上，逐渐有了困意。醒来的时候，才发现程颢正拿着我的手机翻着什么。

我歪头一看，是那辆车的图片。我一惊，快速从他手里抢回了手机：

"你看什么呢？"

程颢冲着我嘿嘿一笑："干吗那么紧张？你手机里也没什么秘密啊。"

我没理他，正好到了青沙镇，准备起身下车，程颢很快就跟了上来，他在我身后叽叽喳喳地说道："你的相册里怎么那么多车的图片啊？你喜欢那种车？"

说完，他不等我回答，又补充道："姜菁菁，没想到你眼光这么高啊！你知道吗？那车我爸都没有买，整个南城也就几辆……啊，对了，小一家就有吧。"

也不知道是不是因为经历过之前的那些事情，程颢给我的感觉变了，他好像是那个不学无术、小孩子脾气的人，但好像又不是。

他跑到我面前，伸开双手拦住了我："你说实话，你在调查车的事吗？你妈妈和这辆车的主人有关？"

面对这样的程颢，我有些不太适应，转过头说道："也不是啦，就是……"

一时之间，我不知道怎么回答程颢，我在脑海里搜寻了很多理由，却没有一个能说服他。

"好，姜菁菁，我不为难你。"看我支吾半天说不出个所以然来，程颢轻轻地拍了拍我的肩膀，"我不为难你，也不会再问你到底是怎么回事，但是，能帮你的我一定要帮。这辆车我会帮你查的，会帮你查到这种类型的车那天是不是出现在了……那边……"

程颢这样反而让我有些不好受，有某个瞬间我想告诉他，自己正在查

的人就是秦晟一的妈妈，但是我又害怕这样做，秦晟一知道之后会觉得难过……

那天之后，程颢就真的开始认真查这件事情了，一个学生，就算他爸爸在青沙镇再有权有势，想要查询到南城那天是否有这种车经过慧春路，也是完全不可能的。

这个时候，许紫清自告奋勇说自己有办法，她让程颢把型号、颜色抄写下来，并打印成照片拿给她，她去找了小奥。

大概是看到其他人都在忙，而自己没事可做，李珂竟然主动负责起了宿舍的卫生，偶尔我喊她一起复习时，她都在拖地，虽然地板一点儿都不脏……

也多亏了小奥的帮助，他的那些小弟问了很多人，终于在慧春路的一个商场停车场找到了答案。当时有人看到那个型号的车停在那里，在别人问有没有看错时，那个人笑道：“怎么会看错？我当时还拿手机偷拍了呢……”

偷拍的照片自然没拍到车牌号，但是品牌、型号、颜色绝对是一样的。

“只是……”程颢把照片递给我之后，垂头丧气地说道，“只是不知道这个车主是谁啊，因为没拍到车牌号，最终还是没能帮得上忙。”

我摇摇头，不，他已经帮了我很多，对我而言，这些细枝末节已经足够了。

我接过照片，和程颢、许紫清说改天请他们吃饭之后，就匆匆离开了学校。现在，我得去找秦晟一的妈妈。

我必须问问她，这到底是怎么回事。

那天她是出现在慧春路了吧？

她是见到我妈了吧？

想要知道秦晟一家的地址并不难，之前网上有网友扒出来过，我拿着手机翻了好久，终于找到了那个帖子，然后把那个地址抄写下来。

秦晟一家离我们学校有点儿远，我坐了很久的车，才到了那个地方，结果到那里之后，发现根本不是。

这时正好旁边有个阿姨经过，我就抱着试一试的心态问了一下，或许她知道秦氏集团董事长的家是不是在这附近。

那个阿姨狐疑地看了我一眼："小姑娘，你找人家的家做什么啊？"

我一时语塞，不知道该如何回答，看我说不出个所以然来，那个阿姨就准备离开了。

"阿姨，是这样的……"看那个阿姨的样子，她肯定是知道的，最终我硬着头皮追了上去，"我，我来找他们家的儿子秦晟一，我是他……朋友。"

阿姨上下打量了我好几眼，然后问道："找他家儿子做什么？"

"就是……上次他借给我一些东西，我来还。"

阿姨又看了我两眼，大概觉得我是一个小姑娘，就算知道了地址也不会对秦家做出什么不好的事情来，才给我指了指。

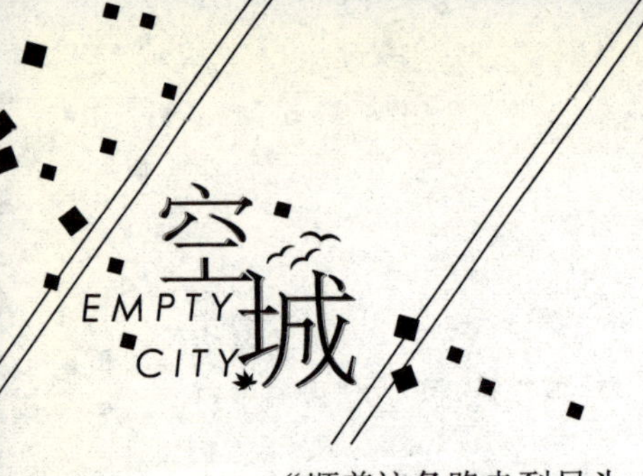


“顺着这条路走到尽头，那边有个别墅区，第一栋，你到那里就看到了。”

托阿姨的福，我很快就找到了秦晟一的家。我站在门口犹豫了很久，然后按响了门铃。我也知道，既然来了就没有退路，该问的事情还是一次性问清楚吧。

门铃响了很久才有人来开门，是个陌生的大叔。

他看到我之后，有礼貌地询问了一声：“请问你找谁？”

“这里……是秦晟一的家吗？”我也不确定自己到底有没有找对地方。

他一听到秦晟一的名字，脸上立马有了笑容：“是的，但是少爷现在不在家……在学校呢，请问你找他什么事？”

“不，不是……”我刚准备表示自己不是来找秦晟一的，就看到秦晟一的妈妈从里面走了出来，看样子她是要出门，因为胳膊上挎着包。

“夫人，您要出去吗？这位是来找……”刚刚那个大叔一看到秦晟一的妈妈，马上恭敬地说道。

“我是来找您的！”我打断大叔的话，抬头看着她。

她愣了一下，上下打量了我一眼，这才想起来我是谁：“是你？你来找我有什么事？”

说话间，她摆了摆手，示意大叔先进去。

等大叔进去之后，她又开口：“你不是在南城大学上学吗？明天不是要期末考试了吗？怎么来我家了？”

不知道是不是我的错觉，秦晟一的妈妈在说这几句话时，语气有些别扭。我并没有回答她的问题，而是开门见山地问道："我就是想问您，我妈出事那天，您在哪里？"

虽然心里把她当成了造成我妈死亡的元凶，但是该有的礼貌我都没落下。

"哪天？"她皱了皱眉头，看了我一眼，"不太记得了。"

"您那天去了慧春路，对吧？"她说她不记得了，反而加重了我的怀疑。

怎么可能不记得？那天她和我爸还说了那样的话，说她没想到我妈会去慧春路。

她听到"慧春路"三个字的时候，脸色蓦地白了，然后轻轻咳嗽了一声，开口说道："真不记得了，我还有事，就先走了。"

看她要走，我也顾不得那么多了，直接伸出手拦住了她，因为太着急，也顾不得什么礼貌了："你怎么可能不记得？你那天不是去慧春路了吗？不是见到我妈了吗？你的车那天就在那边停过！"

最后那句话我是抱着试试的态度说出来的，谁知道刚说出口，她的脸色就变了。

她站在我前面的台阶上，居高临下地看着我："是，我那天是在慧春路，怎么了？"

因为她的这句话，我的脑袋里"嗡"的一声响，然后一片空白。

她……她承认了？

她居然承认了！

她自己说的她那天在慧春路！

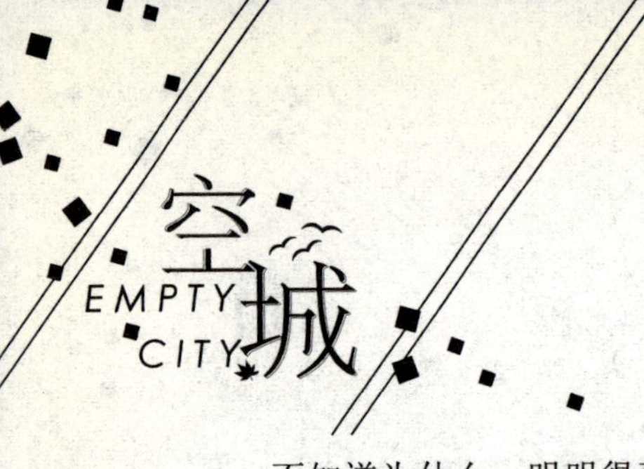

不知道为什么，明明得到了我想要的答案，我的心里却更加难过起来。

“为什么？你为什么要那样对我妈妈？你们推推搡搡是为了什么？”我看着她，泪水开始在眼眶里打转。

我的话让她吃了一惊，她看着我，问道：“你在瞎说什么？我怎么对你妈了？我哪里和她推推搡搡了？”

她这样让我更生气了，太过分了，明明是她，她竟然还在否认！

也不知道哪里来的勇气，我冲着她大吼道：“杀人凶手！你是杀人凶手，我妈是因为你才死的！”

她的脸上闪过一丝厌恶，语气里有着显而易见的嫌弃：“你怎么像个疯子一样，你妈会出事是因为……”

因为什么？

我屏住呼吸，等待着她接下来的话，谁知道她话锋一转，竟然说了其他的：“如果不是之前答应了小一，我真想……算了！”

她说完，直接推开我大步走了出去，留下我愣在了原地。

她刚才说了什么？她说的到底是什么意思？什么叫“答应了小一”？还有，她刚刚明明承认了自己在慧春路，为什么又否认我妈的事故是她造成的？

我还是没得到想知道的答案，最终只能去公交站坐车，准备回学校。结果在车站等了很久，都不见有车过来，问了路过的人才知道，前面修路，公交车改路线，不从这边过来了。

我茫然无措地站在原地，看着周围陌生的风景，最终摆摆手找了辆出租车。

回去的路上，我的头昏昏沉沉的，靠在椅背上，眼睛无神地盯着窗外。

出租车司机是个很健谈的人，时不时开口和我说话，不过他说了什么，我都没仔细听，只是“嗯”“哦”地敷衍着。

就在这个时候，他随手打开了广播，广播里主持人正一本正经地播着南城的新闻……

“接下来一组消息，秦氏集团董事长秦绵，将要和持有一部分股份的丈夫秦淮离婚。就在不久之前，他们两个还单独开车出去，谁知道短短几天就传出了婚变的消息。到底是因为网上盛传的有第三者插足，还是秦氏集团内部动荡的关系，暂时还不清楚……”

刚刚还毫无精神的我，在听到这个新闻的瞬间，差点儿从后座上弹起来。

秦氏集团董事长秦绵，那不就是秦晟一的妈妈吗？秦淮正是秦晟一的爸爸，他们要离婚？

怎么回事？

大概是看出我终于有了精神，司机开口八卦道：“你不知道啊？最近这两天可是闹得轰轰烈烈的，也不知道秦氏集团到底怎么回事，有钱人的想法还真猜不透呢。”

我一个劲地回想着刚才广播的内容，怎么回事？

他们离婚了，秦晟一怎么办？秦晟一肯定会难过的吧？

“看来人啊还得靠自己，娶了个有钱女人怎么样，最终还不是要离？

也不知道离了之后，秦淮手里的股份要不要分给那个董事长啊。”

我准备给秦晟一打电话的手就这样僵在了半空中。

什么？秦氏集团不是秦淮的家业吗？是秦晟一的母亲秦绵的？怎么回事？

大概是看出了我对这个八卦很感兴趣，司机没完没了地说了下去：“唉，秦氏集团那个小少爷肯定是要跟着他妈了，毕竟他不是秦淮的亲生儿子嘛……”

我的手机没拿稳，差点儿摔在地上，满脑子只剩下司机刚才说的那句话——秦晟一不是秦淮的亲生儿子。

怎么会？

“怎么可能？”我喃喃自语。

司机摇了摇头：“你们这些小年轻，知道什么呀！当初秦氏集团的千金，也就是现在的董事长秦绵要结婚的时候，可是闹得沸沸扬扬。说她是怀孕之后嫁给秦淮的，当初……记得还跟她叔叔打官司争家产，最终也不知道怎么回事，她就结婚了，秦氏集团就是她和她丈夫的天下了……有钱人的生活真复杂……”

一瞬间，我的脑袋隐隐作疼，怎么回事，怎么回事……

一时之间，那些早已被我遗忘的流言蜚语再次窜入了我的脑海里。

“那个男孩好像是姜怀民的儿子啊。”

“啊，是吗？”

“怎么不是？你没看那小脸多像……”

“那个女人送儿子来的时候，还躲进姜怀民怀里哭了，我都看见了……”

“姜怀民”是我爸爸的名字，当时那些大婶大妈口中的“那个女人”正是秦晟一的妈妈。那个时候我尚且年幼，只知道这些人说的都不是什么好话，觉得他们讨厌极了，从没想过那是真的。后来虽然也抵触过，可是年幼的我，在听了秦晟一说他有爸爸之后，自然就忘记了这些事。

那些被我刻意忘记的话，曾经在秦晟一的妈妈在我家出现时浮现过一次，可是秦晟一否决了啊！为什么？难道他不知道？

我没敢再往下想，不过一瞬间，我的嗓子就像是被什么堵住了似的，连呼吸都有些困难。

终于到了学校，我犹豫了一下，最终下了车。

上天最残忍的地方不过如此，我刚下车就看到了秦晟一，不知道他在门口等谁，在看到我时，他的眼睛亮了一下。

“我妈说你去找她了，我想，这个时候你也该回来了，所以……”他跑到我面前，有些不安地看着我，“我妈这个人可能有时候说话不好听，你别介意啊。”

秦晟一说完，看我不说话，又开口道：“我知道，知道你在怀疑什么，但是姜菁菁，你相信我，真的不是我妈……”

不是你妈？就算不是她，那又怎么样？

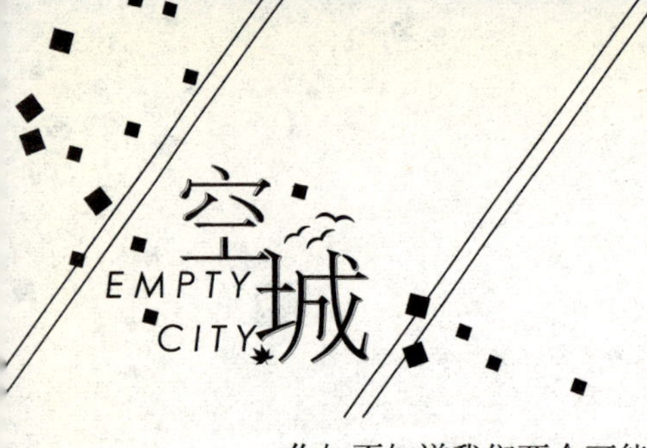


你知不知道我们两个可能是姐弟啊！

刚刚在车上忍了那么久都没有爆发，可是在看到他的瞬间，我就完全失控了：“你为什么要出现？为什么要接近我？如果你没有出现，我就会和爸妈快乐地在一起，我的生活也不会这么糟糕……”

我捂着胸口，只觉得心像是被狠狠捅了一刀。是啊，你要是不出现的话，我就不会如此绝望，就不会荒唐地喜欢上一个不该喜欢的人啊。

秦晟一不知道发生了什么事，他打算扶我的手就这样僵住了，然后缓缓垂了下去。

他看着我，眼里像是藏了一汪清泉，他的眼眶开始变红。

我从没有见过这个样子的秦晟一，他的眼神里有我无法弄懂的悲伤和难过。

他看着我，苦涩地扯起了嘴角：“对，姜菁菁，都怪我，把你幸福美好的生活全部毁了……”

我再也没有勇气站在他面前，只能仓皇地转过身拦了辆车，坐了上去。

“去车站。”我开口，声音有些颤抖。

我不能再在学校待下去了，我在这里多待一分钟，就难受得要命，我只想逃离，只想回家。

而且，我更想回去问问我爸，秦晟一到底是不是我的弟弟。

我坐在车后座，紧紧地抓着胸前的衣服。

千万，千万不要是……

从车站到青沙镇的这段时间到底是怎么度过的，我已经完全记不清了，我只知道，自己的胸口一直在疼，像是有人拿刀狠狠地剜了一下。

怎么可能？

秦晟一怎么可能是我爸的儿子，我的弟弟？

从镇子口到家里的这段路，我明明走过了无数次，可是从来没有一次像现在这样，让人觉得陌生而又难熬。

回到家里的时候，爸爸正在打扫房间，看到我时，他眼里闪过诧异："菁菁，你怎么回来了？不是说明天要期末考试吗？"

我紧紧地咬着嘴唇，盯着他的眼睛，一字一句地问道："爸，秦晟一是您的儿子对不对？是您和秦绵的儿子，对不对？"

求求您了，爸爸，告诉我不是啊……您快摇头啊，快斥责我啊！快啊！

可是时间一分一秒地过去了，我都没有听到他的回答，爸爸看着我，一言不发。

他没有摇头，也没斥责我乱讲，只是什么都不说。

他什么都不说，我却知道了答案。

秦晟一就是他的儿子，是他和秦绵的儿子。

而我是秦晟一的姐姐……

我的心脏像是被什么撕裂了一样，我看着爸爸，声音有些颤抖："爸，您为什么不告诉我？为什么？您倒是骂我啊！您倒是说啊，您为什么不说我在瞎说？为什么啊？"

整个屋子里只剩下了我的声音。

爸爸站在那里看着我，许久不言语，手中的扫帚"砰"的一声掉在了

地上。

还有什么可说的，我知道了……

我知道了。

有时候，我真的想问一问上天，我究竟做错了什么，要让这些狗血而又无奈的事情发生在我身上。

我一遍遍地敲打着胸口，一次又一次吸气呼气，试图缓解自己那颗要爆炸、要因为难受而死掉的心。

“好，我知道了。”我接着问他，“那我妈呢？也是因为秦绵，也就是秦晟一的妈妈而死的吗？”

直到这个问题问出口，爸爸才开口，他摇了摇头：“不是，菁菁，不是的。”

不是？怎么可能不是？

“爸，您到底要瞒着我到什么时候啊？我去调查了，我妈死是因为和人推推搡搡才导致撞上车的。是在慧春路吧？那天，秦绵去过慧春路，她亲口承认的！

“为什么事到如今您还在包庇她？您为了她背叛我妈和我，又为了她隐瞒我妈的死因，爸……我一直觉得您不会是这样的人啊！”我说着说着，眼泪就流了下来，“秦绵就是凶手，您就是帮凶！你们无耻地伤害了我妈！”

我从记事开始，从未见过我爸红过眼眶，不管遇到什么样的事情，他总是能冷静地找到办法，并且乐观地安慰我们。

可是这一刻，他的眼眶突然红了。

他看着我，重重地叹了一口气："菁菁，不是这样的。这些事情说来话长，但绝对不是你想的那样……"

大概是我眼里的恨意惊到了他，爸爸看着我，最终还是一字一句地告诉了我那个被他们深藏在心中的秘密……

二十多年前，我爸本来不是待在青沙镇的，他在南城，虽不是什么大富大贵之家，却也算是书香世家。他小时候，我爷爷曾给他定过亲，对，就是和我妈苗凤兰。

他们一起上小学、高中、大学，完全算得上是青梅竹马，可是，不是所有的青梅竹马都会有爱情，至少爸爸对我妈完全没有意思，用他的话来说，她在他心里更多是像妹妹，一个活泼偶尔野蛮的妹妹。

爱情这东西还真的说不准，他无意，但是我妈有情，所以即使被他挑明说定亲的事不算数之后，依旧跟在他屁股后面转来转去。后来，我爷爷因病去世，爸爸为了挣钱糊口，就去了蛋糕房做学徒。

他和秦绵就是在这里遇到的，勤奋好学的他很快就引起了因为叛逆而离家出走藏在蛋糕房的秦绵的注意，而这场爱情到底是由谁先开始的，他也说不清楚。

反正，他们两个就这样坠入了爱河，两个人一心为了以后的生活计划着，满心期待着即将到来的幸福生活。

却不承想，一场噩梦来临了，秦绵的爸爸——秦氏集团的创始人意外出车祸离开，他留给秦绵的只有百分之四十的股份，说是送给未来外孙的礼物。

是的，那个时候，秦绵已经有了身孕。

从来只知道玩乐的千金大小姐突然遭遇这样的变故，自然可以想象她当时有多绝望。为了爸爸的心血，她挑起了重担，可去公司上班后，她无意中发现，自己爸爸的死根本不是意外，而是被杀。

这个发现让她苦不堪言，因为那个凶手是跟爸爸共事的人，她苦苦寻找目击证人，想要为父报仇。结果，唯一的目击证人就是带着一岁女儿在这里艰难生活的单身妈妈黄子珊。

我爸说到黄子珊的时候看了我一眼，犹豫了一下，才继续说了下去。

他们找到了黄子珊，让她帮忙做证，谁知道她却说自己不想掺和到这些事情里，她只想好好照顾女儿。眼看着杀人凶手就要逍遥法外，这个时候，秦绵发现了一件有转机的事情——黄子珊唯一的好朋友正是我妈苗凤兰。

为了让我妈出面说服黄子珊，她想了很多办法。我妈犹豫良久，去帮她问了一下，结果黄子珊依旧不松口。

最终，爸爸看不得秦绵苦苦哀求的样子，自己去找了我妈。有时候啊，人就是这样，再艰难的事情，只要自己喜欢的人开了口，无论如何一定会做到。

当时深陷暗恋的妈妈二话不说，再次去求了黄子珊，是，真的是求，苦苦哀求好长时间。大概是不忍心看到自己的好朋友这样，最终，黄子珊在确定了只是做证，不会和自己有别的牵扯之后，终于同意了。

他们一直在精心准备着，准备着开庭之日出庭做证，抓到凶手。

若是故事在这里结束，那么后来就不会有这么多剪不断理还乱的事情了。

谁知道，公司的另一个董事，就是杀死秦绵爸爸的幕后人，买通了其他人，做出了新的证据来。

种种证据指明黄子珊是为钱做的伪证，那些她和秦绵同行的照片，以及卡上突然多出来的由秦氏集团转的数目不小的钱，更是证实了这件事情。

“就这样……”我爸的声音变得低沉，他有些担忧地看了我一眼，然后继续说道，“黄子珊因为做伪证而被判刑六年……而她的女儿，自然就由她的好朋友苗凤兰抚养……”

他瞥了我一眼，才继续说道：“这个结果出乎我们的意料，而偏偏这个时候，秦氏集团内部出了问题，秦绵分身乏术，只拿了点儿钱说是赔偿，再无暇管这件事……

“她当时也不过是个二十多岁的女孩，哪里能应付得了公司的事情。正好这个时候，一直和另一个董事不对盘的秦淮站了出来，他提议联合，两个人结婚，这样大部分股份都掌握在了彼此手里。秦绵没有办法来问我的意见，我能有什么意见？我不过是一个小小的蛋糕师而已……”爸爸的眼里闪过一丝难过，“所以，为了保住公司，她和秦淮结婚了。”

“他们结婚那天，我去看……去看你妈，看到她抱着你……”他顿了顿，又解释道，“她说她没办法救出黄子珊，所以只能帮她养女儿，这样

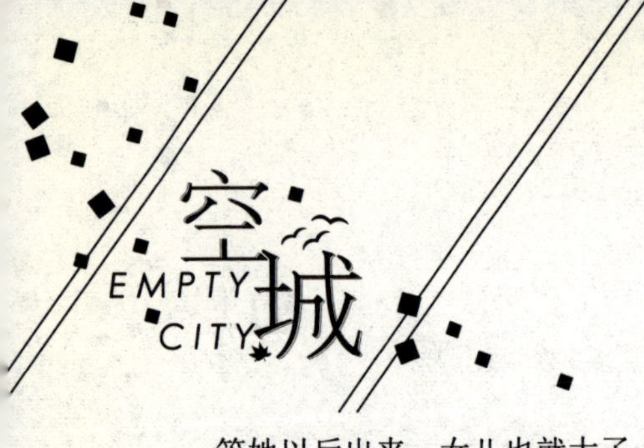

等她以后出来，女儿也就大了……

“她这样说，我更觉得愧疚，当初她也是为了我，才去劝黄子珊的。可她一个刚毕业没多久的女生带着一个一岁的孩子，以后要怎么办？所以，我决定要养她还有你。”他拉着我的手，眼泪流了出来，“菁菁，爸爸也是没有办法啊，我们只能给黄子珊写信说会养大你，然后结婚。本来我们在南城住得好好的，可是你妈担心当初做假证据诬陷黄子珊的人再来报复我们，再加上……我也不想再在南城生活了，所以我们就抱着你来到了青沙镇。你妈的姥姥以前住在这里，她小时候经常来。”

我站在他面前，一动也不动地看着他，眼泪簌簌而下。

怎么可能？他说的怎么可能是真的？

我想反驳爸爸，想说他骗我，可是他的眼睛告诉我，这一切都是真的，而且“黄子珊”这个名字我听到过……那次他们吵架的时候，我妈提起过。

我就是黄子珊的女儿，而一直深爱着我的妈妈其实并不是我的亲生妈妈。

“我们本想等你长大之后就把你还给黄子珊的，可是……”他叹了口气，“人非草木，我们天天和你在一起，照顾你，教你走路，教你说话，听你喊爸爸妈妈，你让我们怎么忍心把你送走？所以……”爸爸的声音变得哽咽，“所以，我们自私地留住了你，看着你一点点长成大姑娘。我和你妈都特别开心，你上了高中，上了大学，就在我们以为日子就这样过的时候，秦绵带来了一个消息，她说黄子珊在找你。我和你妈都特别害怕，害怕她找到你，尤其是你妈妈……她那几天哭也好，闹也好，不是生病，也不是更年期，而是……而是她害怕你离开，害怕你被带走……”

原来是这样，竟然是这样。

我握着拳头，听我爸一点点告诉我事情的真相，以前不曾注意到的事情连起来竟然是这个模样。

“那我妈呢？她……她又是怎么死的？”我强忍着心里的悲痛，低声询问，“您告诉我啊。”

不知道为什么，我突然有了一个特别不好的预感。

果然，我的话音刚落，爸爸开了口：“那个和她推推搡搡的人是黄子珊……你生母……她找到了你，你妈害怕她去学校找你，主动和她见面，然后……”

他没再说下去，而后面的一切我自然都知道了。

“菁菁，我年轻的时候的确是喜欢秦阿姨的，可是后来，我和你妈结婚之后，一心一意地抚养你长大，时间久了，我心里自然也有了她。我这辈子没有别的期望，就是希望我们一家三口快快乐乐地在一起，等你以后结婚了，我就和你妈就在青沙镇开个小超市养老。发生那样的事情，我也不想的，我也不想离开她啊……”

“那……”我咬着嘴唇，任由眼泪流个不停，“您为什么不告诉我实话？不告诉我是她……”

不告诉我，我并不是这个家的孩子，为什么？

我爸看了我一眼，轻声说道：“是小一，他不让我说的，真相对你来说太残忍了……”

我爸这么一说，我的心又开始疼了起来，什么都看不到了，脑海里一遍又一遍地浮现出之前秦晟一的眼神。

天啊，我对他说了什么，我对他做了什么？

他一直都在守护着我，他明知道我在暗地里查他妈妈，还不计较，他希望我过得好，他宁愿我伤害他，都不肯告诉我真相，想要守护我，可是我呢？

我又做了什么啊，我对他说出了那样的话，我……

就在这一刻，我特别想见他，我想告诉他，我喜欢他。

我心里难过绝望，也是因为不知道真相的我喜欢他啊！

我掏出手机，一遍遍地打他的电话，结果没有人接……可没多久，我的手机却响了，是李珂打来的。

“姜菁菁，你快点儿回学校啊，呜呜呜……秦晟一被打了，被打得很严重……”她在那边语无伦次地说着，我的脑子“嗡”地炸开了。

被打了？怎么回事？

电话里李珂一直在哭，根本问不出什么来，我和我爸简单交代了一下，就没命地往镇子口跑去。

我得赶回去，我得去见他，我得告诉他……

我从未觉得从青沙镇到学校的路途这么漫长过，一路上我都不安地在打电话，秦晟一、程颢、许紫清……可是唯一接我电话的人是李珂。

我赶到的时候还是晚了，学校门口围了一堆看热闹的人，我走过去才发现，那些人在清理血迹。

我两眼一黑，差点儿倒下去，这个时候李珂发现了我，她朝我跑过来，眼泪鼻涕全部蹭在了我的身上："怎么办？怎么办……秦晟一，秦晟一……"

"秦晟一怎么了？"我一把推开她，大声问道。

她使劲擦了擦眼泪，然后才开口说道："他被救护车送走了，我不知道他在哪个医院……"

李珂说着，眼泪又出来了，刚刚用手擦过的脸上再次出现了一道又一道泪痕。

"到底怎么回事？他为什么会被打啊？你给我说清楚啊，先别哭，现在哭有什么用！"我一着急，语气重了许多。

也许是被我吓到了，李珂停止了哭泣："那些人来找许紫清的麻烦，然后程颢和他们打起来了，秦晟一也来了……这些我也是听说的，我来的时候，秦晟一就被打得很严重了。我慌忙报了警，上去的时候，发现他已经流了好多血，还有……"

李珂左右看了看，发现并没有人看她之后，她往我手里塞了一个东西。我低头一看，发现是秦晟一的手机，只是屏幕已经裂开，而且关机了。

"我打完电话之后，警察没来，我就上去了，可是并没有帮上什么忙，那些人一看到秦晟倒在地上了，就散了……"

李珂说到这里，忍不住又哭了起来。

我捏着手机抬头看她，这才发现她的头发有点儿乱，脖子上还有脚印，脸上甚至有一块地方肿了起来……刚才，我只顾着关心秦晟一的状况，竟然没注意到她。

看着李珂这个样子，我心里特别难受，我摸了摸她的脸，问她："疼吗？"

她摇摇头。

"警察来了，秦晟一的妈妈也来了……然后他就被救护车接走，我追了一段路，可是没追上……"李珂的声音微微发颤，"我也不知道现在他到底怎么样了，姜菁菁，你说，他会不会有事啊？"

我使劲地摇了摇头，不，不会的，秦晟一福大命大，一定不会有事的。

"那许紫清呢？程颢呢？他们两个有事吗？"我突然想起来，李珂没有告诉我许紫清和程颢的下落，他们两个不会也……

"没事。"李珂摇了摇头，"我不知道，但我听看到的人说了，说当时打起来的时候，秦晟一正好看到，赶过去帮忙。不知道为什么，突然程颢和许紫清都跑了，就剩下秦晟一一个人，所以那些人才会那么狠地只打他……"

我和李珂很快就找到了程颢和许紫清，他们就在事发地点不远处，因为当时围观人太多，而我的心思又在秦晟一身上，所以并没有注意到他们。

我和李珂过去的时候，许紫清还躲在程颢的怀里哭，程颢一边拍她的肩膀一边安慰："没事的，肯定没事的。"

看到程颢并没有受太重的伤，我才开口问道："怎么回事？"

大概是听到了我的声音，许紫清才从程颢的怀里抬起头，她的脸上挂着泪痕。我认识她这么久，第一次见她这个样子，以前她不是没被打过，但是从来没流过眼泪。

她看了我一眼，然后低声说道："就是那次我们三个吃饭遇到的黄头发，他们好像是被小奥教训了，所以来找我……"

"我们不是问这个。"我还没开口，李珂已经开口了，她的眼睛因为刚刚哭得太狠，现在肿得像核桃似的，"我刚才听……听别人说，你们两个丢下他跑了，所以那群人才会打他打得那么狠……"

李珂的话音刚落，程颢立马垂下头，不敢看我们两个。

"怎么回事？你们说啊！"李珂吼了一句。

程颢没开口，许紫清说道："他们人多，我们再不走，就没办法脱身了。程颢让我走，我不能丢下程颢，所以……所以，他为了我……"

"啪！"她后面的话我没有再听，而是对着她的脸狠狠扇了一巴掌。

这一巴掌甩出去之后，我愣住了，许紫清也愣住了，她大概没有想到有一天我会对她动手吧。

李珂站在我身后，不安地扯了扯我的衣袖，许紫清脸上一阵白一阵红，她看着我，眼里有了一丝狠意。

"姜菁菁，我知道你为什么打我，你在怪我们丢下秦晟一。可是那个时候我没办法，那些人根本就是冲着我来的，下手有多狠，你问问就知道了！我是不怕死，可是还有程颢啊，我不能让程颢陪我死！他们是冲我来的，我以为我跑掉之后，他们会追过来，不会对秦晟一下那么重的

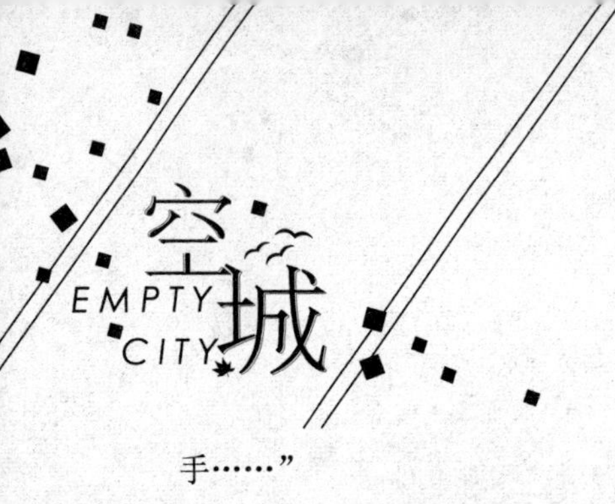


手……”

这个世界上，总有些人，他们总能为自己的行为找到理由。

“这个世界从未对他有过善意，可是他用最大的善意对待身边的人，对你们也是，对我也是，你们怎么能那样对他？”

不知道是我的话，还是脸上鄙夷的表情惹怒了许紫清，她看着我，冷哼一声：“是，我们是错了，是对不起他。可是，姜菁菁，你别装得像个圣人似的！这些人中，伤害他最多的难道不是你吗？你以为你不说，我们就不知道了吗？你以为我们不知道你前段时间查那辆车，是为了查他妈妈吗？他那么喜欢你，你还要背着他怀疑他妈是凶手，你做得就对了？”

我就是在这一刻再次对许紫清举起手的，是，我是怀疑他，我是伤害了他，可是我后悔啊，比谁都后悔！

但现在，在许紫清的脸上，我没看出一点点后悔。

“够了！”程颢突然伸手抓住了我的手腕，把许紫清护在怀里，怒视着我，“姜菁菁，你够了！你不要生起气来只知道埋怨别人！是，我和紫清是做错了，但那也不是我们想的啊，我们也很着急啊。刚才许紫清哭就是因为担心他，你以为全世界就你一个人在担心他吗？我们现在又后悔又担心，我们没想到那群人没来追我们，而是对小一出手！”

我从没想过会有这么一天，我和程颢会站在对立面。

从小到大，我们两个都是一起的，甚至在中学的时候讨厌某个老师，也是一起讨厌的。可是现在，他站在我对面大声指责我，眼里没有一点点多余的感情。

“你们要是不走的话，他就不会被打得那么严重了，你们听说了吗？

他是被抬上救护车的，听说了吗？”我无力地从程颢的手中抽出了手，如果不是李珂在身后扶了我一把，只怕现在我已经倒下去了。

“要是不走……”程颢低下头，不敢再看我，“现在被抬上去的就不是他一个人了……”

到此为止，我和他们再也无话可说了。

我转过身，抓着李珂的手离开。

我姜菁菁没有他这样丢下别人自己逃走的朋友！

在那之后，我和李珂找遍了南城所有的医院，就连第二天的考试都没有参加，可是我们依旧没有得到任何关于秦晟一的消息。

第二天，第三天，第四天……我们两个只能守着电脑，守着电视，密切关注着和秦氏集团有关的消息。

如果秦晟一真的不在了，那么肯定会有消息放出的。

可是没有，一点儿消息都没有，秦氏集团唯一的消息是董事长和股东离婚，两个人在记者会上笑言，两个人还是朋友伙伴。

秦晟一的妈妈经常在电视上出现，她和身边的每个人谈笑风生，但是她从未提起过她的儿子一分一毫。

秦晟一的家我自然也去了，和李珂在那里蹲守了很久，最终被人轰走了。我唯一知道的消息还是从那个看门的大叔那里听说的，他说让我们放

心回去吧，秦晟一好着呢。

可是，既然很好，为什么不来找我啊？是被我的话伤到了吗？是再也不想见我了吗？这些我都无从得知。

啊，对了，许紫清搬出去了，那天之后她就搬走了。后来，我和李珂偶尔会看到她，她的身边围着一大群人，她不管走到哪里都是焦点。

还有，据说小奥犯事被抓了，许紫清也终于如程颢所愿，脱离了那些小混混。

说起来，我和程颢那天之后也没再说过话了。新年的时候，他曾来过我家，和我爸聊了一会儿，看到我时，他在原地站了很久，最后朝我挥了挥手，转身离开了。

春节之后，我生病了，阑尾炎，去医院住了一段时间，回去的时候，才知道程颢家搬走了，至于搬去了哪里，没人清楚，只说是一个一线城市。

等我病好去学校，才听李珂说程颢退学了，说是要接手他爸爸的生意。至于他和许紫清到底怎么样了，我们就不知道了。

李珂劝了我很多次，让我去给程颢和许紫清道个歉，大家都是好朋友，吵架就吵架了，也没必要闹成这样。

等我私底下偷偷打电话的时候，才知道程颢换了手机号，而许紫清，电话没有人接。

好像是一场梦，我周围的人就这样离开了我……

啊，对了，李珂放在我手里的秦晟一的手机，我拿去修好了。手机修好的那天，我和李珂一起去拿的，回来的车上，李珂开了机，看到了他手机里一条保存的未发出的短信。

那是一个地址，也不知道怎么回事，在看到那个地址的瞬间，我竟然想去那个地方看看。

那里离南城中心不远，开着一家小超市，我去的时候，超市老板娘正在低着头扫地。在她抬头看到我的瞬间，她的眼睛突然红了，眼泪流出来。

她说："菁菁。"

我不知道她怎么知道我的名字，也不知道她是怎么一瞬间认出我来的，可是那一刻，我只想蹲在地上号啕大哭。

"妈妈。"

我还未开口喊她，就看到超市里有个小脑袋探出来，那是一个五岁左右的小男孩，手里拿着玩具。

她抱起他，告诉我，这是她儿子。她还说，那天的事情对不起，她只是太生气了，气当初我妈抱走我之后毫无音讯，她说她其实也只是想吓唬吓唬她，根本没有要把我重新要回去的意思，没想到我妈当真了，两个人争执起来发生了意外……

我临走之前，她拉着我的手说："我偷偷去学校看过你，其实在看到你的那一瞬间，我就原谅她了，能把你养得这么好，她肯定很爱你。"

我和她告别之后，就去看了我妈，墓碑上的照片已经开始发黄了，我跪在地上哭了好久。

不管怎么样，不管以前发生过什么事情，我都是她的女儿，也永远是她的女儿……

从墓地回去的时候，我看到了镇子里贴的通告，青沙镇要拆除重建，并为南城西北郊，从此世上再也没有青沙镇。

镇子口的老槐树轰隆隆倒下的那一刻，是李珂陪在我身边，我握着她的手，眼泪夺眶而出。

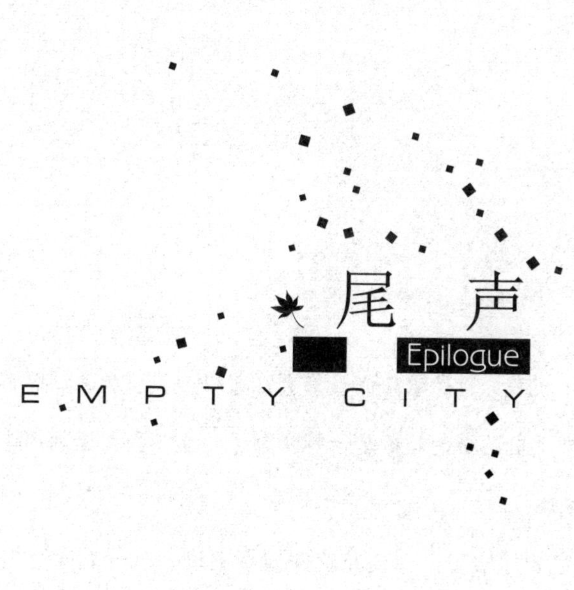

# 尾声 Epilogue

EMPTY CITY

秦晟一的手机我一直留着，而且都会开着机，我总想着，等有一天他回来了，我就把手机还给他，可是一等就等了两年，我和李珂都毕业了，他依旧没有回来找我。

李珂在一家公司实习，一向花痴的她刚上班，就开始垂涎上司的美貌，据说最近两个人正在进一步的拉锯战中。

我爸在南城西北郊开了家小书店，我毕业之后，他就再也没有来过店里了。店里的一切都是我在打点，而他就和旧时好友一起下下棋聊聊天，偶尔会目光深邃地看着阳台上被他移植过来的花。

那是我妈生前种的，我知道。

哦，对了，时隔这么久，我终于要到了程颢他们的联系方式，不过给他和许紫清打了电话，他也没有接，发了好几条短信，也依旧没有回音。

午后，阳光透过玻璃照射在书店门口，暖洋洋的。

这会儿没什么人，我便坐在躺椅上微微闭着眼睛休息。

“丁零零——”门口的风铃突然响了起来。

我睁开眼睛，就看到有人推门进来，四目相触的瞬间，我的眼泪流了下来。

“姜菁菁，好久不见。”

传说，有一个十分神秘的特工组织X，集结了世界上最强的精英特工，他们总能完成最不可能、最不可思议的任务。

现在，X特工组织又有了新任务——寻找失踪少女薇薇亚。首先，就是去薇薇亚失踪前原本要参加的城堡派对，寻找少女失踪的线索。那么现在，我们的特工华丽大冒险开始啦！

## 心理测试：什么样的男生是你命中注定的搭档？

**①身为特工，乔装打扮是基本技能。现在需要进入一个城堡，在正在举行变装派对的现场寻找线索，你会打扮成什么人物？**

A. 可爱兔女郎
B. 街头不良少女
C. “黑长直”发型的中国娃娃
D. 疯癫精神病人

**②优美的音乐响起，众人走向舞池，如果有人邀请你跳舞，你会接受谁的邀请？**

A. 个性张扬的艺术少年
B. 穿黑色燕尾服的绅士
C. 打扮成泰迪的温暖男生
D. 俊美神秘的吸血鬼

**③一曲终了，舞伴在离去前将一个字条塞进你的手心，你觉得上面写着什么？**

A. 我知道你的身份，请赶紧离开
B. 我对你一见钟情。派对后，请到花园等我
C. 食物有毒，你要小心
D. 走廊最里面的房间有你要的线索

④. 服务生端来的酒水，你觉得什么最可能有毒？

A. 白开水
B. 红酒
C. 鸡尾酒
D. 果汁

⑤. 走廊尽头的房间，是一位少女的闺房。门没有锁，你溜了进去。你觉得什么东西会有少女失踪的线索？

A. 自画像
B. 日记本
C. 信件
D. 书

⑥. 派对现场突然漆黑一片，你觉得是发生了什么事？

A. 停电
B. 有人故意制造混乱
C. 派对主人的惊喜
D. 神秘搭档帮助我逃走

⑦. 派对现场恢复了供电，城堡主人拿着一封信走上舞台。这是一位俊美的少年，他说要宣布重要的事情，你觉得是什么？

A. 与心爱的人订婚
B. 薇薇亚失踪的真相
C. 派对致辞
D. 要将城堡卖掉

⑧. 失踪的薇薇亚终于现身，你觉得她会是谁？

A. 一直躲在角落的蒙面少女
B. 伪装成“黑执事”的少女
C. 被装在巨大的礼物盒里的少女
D. 失忆的我

计分方法：A记1分，B记2分，C记3分，D记4分。测试完，请统计分数。

# 测试结果：

## 一、（8-13分）“肉爪控”美少年——特洛伊

你是一个内心坚强，但是外表柔弱易“推倒”的萝莉型美女，搭配喜爱一切可爱毛绒物体、号称宇宙无敌“肉爪控”的特洛伊，简直是天生一对哦！（莎乐美《圣夜蔷薇纸偶》）

## 二、（14-19分）可温柔可霸道双面人格——伊恩

这是一个绅士般的美少年，认为世间万物都有灵性，所以他不杀生，也不允许身边的人杀生。不过，每到月圆之夜，他又会换成另外一个霸道人格。对于生性喜欢挑战的你来说，成功驾驭这样的高难度美男，是不是很有成就感呢？（莎乐美《圣夜蔷薇纸偶》）

## 三、（20-25分）神秘的病弱美少年——约书亚

他有一双闪烁着柔软光芒的湛蓝色眼眸，像是森林里的小鹿，带着几分好奇，又带着几分渴望……他如同遗落人间的天使，只不过，时时刻刻都觉得自己会死掉、还能听见石头对话的属性也真是少见。想要收服这样的美少年，就是需要像你一样，有圣母玛利亚拯救世间苍生的伟大胸襟啊！

## 四、（26-32分）神级大脑和顶级美貌的结合体——颜圣夜

一举手一投足都足以引起一场花痴风暴的颜圣夜可是X特工组织的顶级特工，不过，他的懒惰属性可不是一般人能接受的哦！连喝口水都觉得累的“懒癌”晚期患者，只有你这种坚强的、拥有钢铁之心的“御姐”才能够驾驭了！

注意
由魅丽优品独家赞助的
“穿越时空大作战”
开始啦！
现招募热心体验者，
机会有限，早来早得哦！
报名条件：
★爱幻想的少女
★希望改变现状
★拥有电脑1台或手机1部均可
★优秀又帅气的哥哥或姐姐一个
（实在没有也可以）
★喜欢动漫和电影
★有好友一至两名
任何满足以上条件者，皆可
报名参加海选选拔赛。
“蔷薇护卫队”系列
Starlight Little Lady
星光小淑女

**至于选拔赛的内容是什么？嘻嘻，当然是填写关于穿越的各种紧急知识啦！**

1. 向什么许愿，才能达成穿越的愿望呢？
A. 阿拉丁神灯　B. 时光机　C. 莫名出现的电脑病毒

2. 穿越后睁开眼，第一眼看到的会是什么呢？
A. 来自未来世界的机器猫　B. 25世纪新型机器鼠　C. 被电磁波打晕的恐龙

3. 遭遇坏人围攻，千钧一发时，希望谁来拯救自己呢？
A. 蜘蛛侠　B. 未来时空警察　C. 齐天大圣

4. 交到的第一个好朋友长得像谁？
A. 玉子　B. 蜡笔小新　C. 奇犽

5. 传说中的天才少年博士的名字是？
A. 成意智　B. 成意龙　C. 成意功

6. 探险冒险第一关的开启地点是？
A. 音乐室　B. 档案室　C. 美术室

7. 号称是万能型，然而除了装可爱什么都不会做的无能机器人的名字是？
A. 擎天柱　B. 错误代码123　C. 布里茨

8. 时空警察将会以什么样的方式出现？
A. 从石头里炸出来　B. 从闪电里出现　C. 从抽屉里跳出来

9. 如果被时空杀手抓住了，该怎么办？
A. 立刻倒地装死　B. 假装投降　C. 不顾一切逃跑

10. 穿越结束后必做的第一件事是什么？
A. 大吃大喝　B. 买新衣服　C. 回答电脑病毒的新问题

假如觉得题目很难，想知道正确答案是什么的话，

**就快快购买草莓多即将上市的新书『蔷薇护卫队』系列之《星光小淑女》吧！**

# 《初夏星逆之歌》漫画版

为什么我会
突然往下掉？
完蛋了！
这是空间旋涡，
墨莉夏！
掉进空间旋涡的人，
会从奥林匹斯山坠
落到人类世界！
①

墨莉夏，
抓住！

啊啊啊！
啊！
②

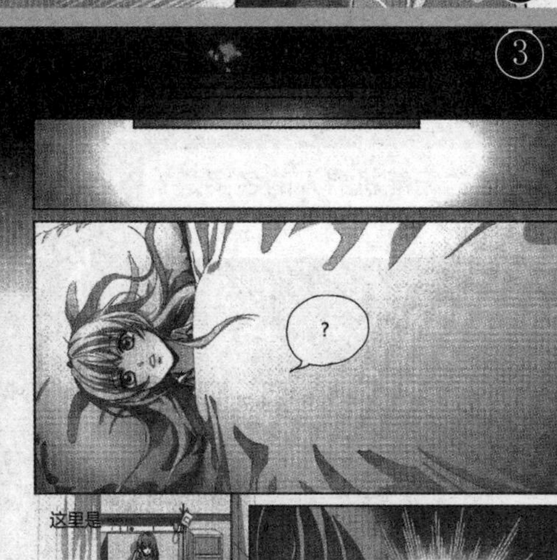
③
？

这里是
难道……
我已经被
时空旋涡
带到了
人类世界？
电视?

④
……这，这
到底是什么
东西啊？

喂，莫俪夏，
你这是在
干什么？
为什么把
吊针给拔
了？
你……
怎么会知道
我的名字？

A SONG OF REVERSED STAR IN SUMMER

喵哆哆 著

初夏星逆之歌

湖南少年儿童出版社

少女浪漫版《解忧杂货铺》

搞笑小白版《奥林匹斯蔷薇》

校园中隐藏的奇迹！

正在你身边！

从天而降的爱神，能否看清自己手中缠绕的红线？

城堡中的神秘美少年，居然会是恶魔契约代理人？

高高在上的『圣域』希腊神祇，来到人类校园，将你带入奇幻神话世界……

泪水见证恋人们的邂逅，世上的友情是否都脆弱得不堪一击？

不屈与执着，顽强的可爱女主角们，究竟都肩负着怎样的命运？

青春尽头：
你的故事色彩是什么？
你有没有想过在这个世界上，此时此刻，不同的地方，不同的故事正在悄然上演？
飞扬的粉笔屑、明媚的阳光、欢乐的篮球场、馥郁的香樟树、清脆的单车铃、湛蓝的校服裙摆、宽敞的田径跑道……
不同的校园里，剪影着我们似曾相似的纯净回忆。漫长的时光从过去延伸到未来，拉扯开我们鲜衣怒马的青春岁月。
嘿，你还记得浅蓝天空下，虚幻成一道光景的时光少年么？
那时候的你，又是什么样子呢？
组合1 墨黑&蔚蓝
故事代表：《青春尽头》
人物代表：丁蓝尹、庄离、苏经年

丁蓝尹：孤傲凉薄，外表上的乖孩子，实际上的叛逆少女，内心冷漠又渴望温暖。
人生信念：需要另一个人而活下去的时候，就是一个寄生者。我是一个寄生者，寄生于别人的温暖，不可自拔。

庄离：帅得惨无人道，美女收割机，天生的优越感，乌贼一样的睿智腹黑。
霸道语录：我一定会将苏经年从你心里彻底除去。为了留你在我身边，就算将你的双腿斩断我也不在乎。

苏经年：完美情人，有能溺死人的温柔细心，传说中最容易成为备胎的属性兼具。
告别誓言：丁蓝尹，我爱你。

## ▶故事色彩系·暗蓝

想念一个人，却无法看见他，拥抱他，无法给他爱，那是多么悲哀的事情。所有的爱意都那么无力。

就像是被扔进黑洞的东西，消失得干干净净，找不到任何痕迹。

你在爱着吗？

我在，又或许不在。

爱是一件多么奢侈的事情。

如果你走在路上，看到有人哭泣，请别惊讶。因为她在思念她的爱人。

终究要从回忆中醒来。

## 组合2 纯白&灰褐

### 故事代表：《仓促青春难成诗》

人物代表：展颜、苏腾、魏斯安、沈笑

展颜：看似柔弱可欺，其实内心坚强如铁。
人生信念：他在哪里，风景就在哪里。

苏腾：出身寒微，一直很努力，却无法拒绝财富和光明前途的诱惑。
犀利语录：你说过什么我都记着呢，你喜欢我是不是？

魏斯安：从高中时期就暗恋展颜，为了展颜来到这个城市，因为长期混迹酒吧，有一群小混混朋友。
告别独白：我知道终究有一个人会走近她的生活，给她幸福，而那个人注定不会是我。

沈笑：风风火火，敢爱敢恨。
情感追求：爱不计后果，恨不遗余力。

## ▶故事色彩系·暗黑

很多事情都是这样，我们在开始的时候并不知道终点是什么，而在赶往终点的路上我们又会经常迷失了方向。

很多时候上苍就是一个老顽童，他时不时戏耍一下这些孩子，然后看着他们的悲伤与苦痛，无奈地说一声这就是命运。

我们都是被命运捉弄的孩子，我是，沈笑是，苏腾也是。

## 组合3 火焰红&薄荷绿

**故事代表：《消失的不眠盛夏》**

易 平 安 、 贺 旭 北 、 黎 烨

易平安：有潜力的学渣，众人眼前的女汉子，男神面前的娇羞姑娘
心里的梦：如果我暗恋你的时候，你也喜欢我，那该多好。

贺旭北：闷骚懂事，认为成绩优秀是人生的必修课，因此拒绝恋爱。
日记扉页：我喜欢看她睡觉时的表情，平淡如水，就像所有一切都与她无关。

黎烨：机车拉风少年，“暗夜狸”，火华先生，博客作死小能手
内心嘶吼：老天让我遇见了她，我的世界变了样。

## ▶故事色彩系·暗红

喜欢就去表白，万一他（她）正好也喜欢你呢？

就算被拒绝，没关系，你的人生还在继续，谁能保证这是你最好的那颗麦穗！

缘分的事，不讲对错，不分早晚，来了，故事就发生的刚刚好。

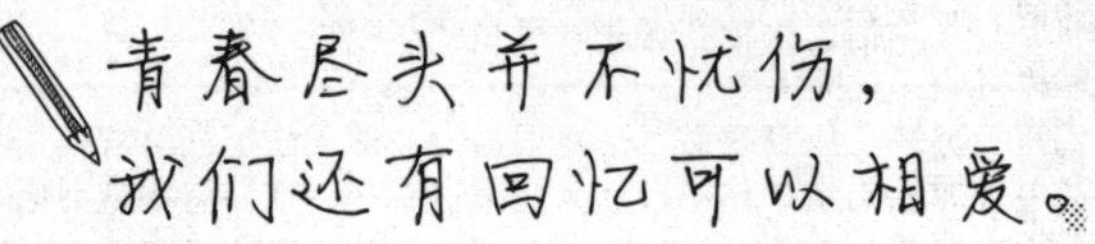


浅蓝天空下的如诗少年，盛夏故事里的撑伞少女。
暗蓝——暗黑——暗红——
那时候的我们，是这样的样子。

**亲爱的你，你的故事色彩又是什么？**

明媚阅读阳光季——
小编新书推介
励志千金逆袭故事，
再丑再胖都不怕，因为内心强大，坚持蜕变！
千金归来
The Return of Heiress
《千金归来》◎茶 茶
内容简介：
她是家世一流的名门千金，头脑一流，相貌一流，就连未婚夫也是一流水准，她天生就是带着钻石光芒的华丽的人！
可为什么命运会跟她开一个大大的玩笑，让她重生成为一个又丑又懦弱、体重超过70千克的胖女生，不但爹不疼、娘不爱，还因为圆滚滚的身材处处受人欺负和嘲弄！
更让她震惊的是，温柔有礼的前未婚夫竟然跟她的好朋友勾搭在一起；而她最讨厌的对手竟然会化身为她的守护骑士；她遭遇的意外，也似乎另有阴谋！
这世界到底怎么了？
不行，我香奈雪一定要打倒“极品”前任和闺密，赢回属于自己的光芒人生！
编辑伊萌薇推荐：世界上没有绝对的丑女，只要放弃希望不努力的懒虫。本书有超级泼辣强悍的女主角，所有的反派都要小心了哦！

异能兄弟与超萌少女的邂逅

## 《朝梦双子星》松小果

**内容简介：**
从前有一个叫洛心蓉的公主，她每天都在学校城堡里仰望自己的王子——夜熏，觉得每天能看见王子就是很幸福的事情了。可是有一天公主在回城堡的路上捡到了一条失忆的龙——朝泷秀，善良的公主把它带回了城堡，却发现这条龙根本和当初捡到的时候不一样！公主想赶走它，可是恶龙不但强行把公主绑在身边，还占领了城堡。面对来势汹汹的恶龙，连王子都退缩了，公主只能委屈自己跟恶龙在一起。这天城堡外来了一位风度翩翩的骑士——夕梦月，公主又做起了骑士效忠的美梦。什么？温柔的骑士不想要公主，只想抓恶龙！洛心蓉公主不干了，我才是主角好不好！

**编辑景三三推荐：**这个故事告诉我们，每个人都有自己的盖世英雄，他可能是对全世界都不好但是心里只有你的大魔王朝泷秀，也有可能是端正律己一直陪伴在身边的模范生夕梦月。哦，主角可能不只两个。

温柔少女的守诺，优雅敏感的心才会懂得！

## 《浮生纪事》七日晴

**内容简介：**
能够重获光明是明月香梦寐以求的，为此不过是签下一个没听过名字的地方的保姆契约，简直就是天上掉馅饼！
浮生阁——人间处理妖怪和人类事务的机构。
可这个破仓库就是浮生阁？
一只会说话并且跑得比兔子还快的乌龟，一个动不动就喜欢把人冰冻起来的家伙，这就是我要照顾的对象？
拥有能治愈妖怪的血液的明月香接任浮生阁管家后，被迫一次次卷入危局中——
振翼则起风的上古神兽大风早被射杀却突然重现，与班上那位冷漠女生有着道不明的关联；传说能辟邪除妖的瑞兽重明鸟陷入了绝望的报复深渊，真相却让人潸然泪下；一幅栩栩如生的仕女图和寻找记忆的蛊雕相遇，百年前除妖师和凶兽的禁忌过往被沉痛揭开；还有一名相貌出众、力量强大的九尾狐少年，来历神秘却总对明月香青眼有加……
十年一觉浮生梦，梦得浮生几清明。
一杯清茗之后，浮生阁的故事就要开篇了……

**编辑星八克推荐：**从来不知道小七的故事这么催人泪下，那些自私的偏执、善意的谎言，世俗的偏见，明明没那么重要，却又成为了至关重要的东西。

圆梦樱花塔
治愈系魔法梦圆樱花，
少女心的华美盛放
《圆梦樱花塔》✲茶茶
内容简介：
你听说过超梦幻修复女巫小樱的“樱花魔塔修复店”吗？在这里，可以修复任何破碎的东西哦！
暗恋系海蓝贝壳音乐盒，修复！
友爱系琥珀琉璃手链，修复！
然而某一天，魔法修复店迎来了一位十分特殊的客人，他要修复的竟然是……
作为女巫界最具潜力的新星女巫怎么可能会退缩？迎难而上，勇往直前！
可是，这个家伙怎么好像缠上她了？
喂喂喂，委托已经完成，你干吗还死皮赖脸地跟着我？
编辑星八克推荐：每个人都会有遗憾，樱花魔塔正是这样的存在，它在书里能修复人们的遗憾，也在生活中给少女们启发。
圆梦樱花塔

## 身体交换PK双重人格，低调学霸少女VS天才恶少

# 《二分之一樱泞学院》 郭妙茹

**内容简介：**

低调内敛的女生叶梓然以优异成绩考进了全国最负盛名的樱泞学院，不料阴差阳错之下，她竟然跟学院金蔷薇班的天才朔翔曜身体对换，不得不融入聚集在他身边的天才美男团体，于是，一段苦恼又搞笑的学院生活由此拉开了序幕。

从猜忌、戒备、再到情愫暗生，朔翔曜像个巨大的谜团，让叶梓然越是接近就越觉得陌生。而当他身上的一个个谜被解开，叶梓然终于看清这个外表冷酷、背负秘密的少年，内心其实是何等绝望和悲凉……

有人在友情里迷茫挣扎，固执己见，不惜以十几载的感情为代价，看似残忍其实深情；有人在亲情里扭曲偏执，步步为营，甚至被冠上冷酷的罪名，看似自私其实无私；有人在爱情里纠结逃避，如履薄冰，看似无情其实早已动情……

时光荏苒，青春不再，年少时的疯狂冲动、率直单纯却是人生最深刻的烙印。

朔翔曜，倘若再有一次机缘让我们相遇，我愿意在你最黑暗的日子里一直陪伴，做你生命里最精彩的那二分之一。

**编辑伊萌薇推荐：**里面的每一个角色都很喜欢，前期爆笑后期走心，改编成电视剧应该不比《旋风少女》逊色吧！

**编辑星八克推荐：**灰姑娘中国版！玻璃鞋和王宫舞会变成了琴棋书画！而辛蒂瑞拉的善良似乎也打了折扣呢？

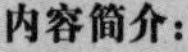

# 《辛蒂瑞拉的微笑》 巧乐吱

**内容简介：**

“比阿巴贡更小气，比葛朗台更吝啬，比夏洛克更抠门，比泼留希金更斤斤计较”的小气鬼步吉星摇身一变，成为了步吉岛岛主的继承人！

可是继承人位置岌岌可危……步吉星无奈，只得去季风岛中华学院完成自己的秘密任务。

什么？我不是来上学的吗，为什么还要学古琴、围棋、书法、国画这些电视剧里才会有的东西啊？

中华学院迎来史上最“虚伪”的辛蒂瑞拉！

步吉星的招牌微笑遭遇中华学院琴棋书画四大王子的打击。

可本来是要借机完成秘密任务的，为什么又阴差阳错成为了那个总是破坏她计划的滕川照的女朋友？

假面公主不小心遭遇真心告白，接下来的秘密任务怎么办？

神啊，拜托让她快点打败那些高傲的王子殿下，顺利成为继承人吧！

“微语星芒”系列专访

年底聚餐，难得一见的作者们齐齐现身。
哇，这可是难得的八卦机会啊！编辑我迫不及待地凑到作者们那一桌，挖掘第一手的创作资料！
这不挖不知道，一挖还真挖到宝呢！

**有幸被编辑逮到的是我们的悲情小天后奈奈和暖萌小公主希雅！**

2015年，奈奈可勤奋了，一口气上市了《你的微笑，我的心药》、《致最美的盛夏》、《晴空2》等好几本故事精彩、装帧精美、叫好又叫座的畅销书。那么，在2016年，她又会有什么样的写作计划呢？

《晴空·穹顶之上》

《晴空》①

《晴空》②

奈奈

NANA ZHU

**奈奈：** 关于写作计划嘛，前阵子一时架不住奈米们的热情，在微博答应了会写《晴空3》，虽然故事还没开始构思，但是既然答应了，我是会做到的啦！在这之前，大家可以先看《晴空2.5》，呃，不，《晴空·穹顶之上》……哈哈哈，写《晴空2》的时候，我就特别喜欢里面的大少爷徐珏，当时就想把他拿出来狠狠虐一把，果然，这个愿望终究被我自己实现了！此处是不是应有掌声？（**编辑尴尬地拍了两下手：老大，求你了，虐得我们心肝脾肺肾都痛了，你还这么开心？**）当然，2016年也不会全部都写悲情文啦，前阵子无意中看了一部讲精神科医生的韩剧，又推荐给了希雅看。我们俩讨论剧情的时候，我突然爆发出一个灵感，那就是要不要来写个关于心理学的“烧脑”文？

微语星芒系列

**希雅：** 就是说啊，为什么不呢？奈奈一直在走悲情系，而我一直走暖萌系，这种“烧脑”系还都没尝试过呢！我们俩火花一碰撞，这前所未有的“烧脑”姐妹文——“微语星芒”系列就诞生啦！奈奈的叫《心若为城·寒星》。心若坚守的城，也为你割地称臣，是不是一听还是有点悲情风格呢？放心吧，这本绝对不是以悲情为主，而是以“烧脑”为主哦！我的则叫《心若向阳·微芒》。心若向阳，不惧悲伤，还是很温暖的书名吧？大家要不要期待一下，暖心的清新故事如何“烧脑”？哈哈哈，保证你们看完之后IQ提高50分！

（编辑欢呼：真的吗？那我一定要看！好期待，好期待！）

希雅
XIYA ZHU

《记忆中的暖夏》

《在日落的海边青春没有地平线》

《紫阳花开少年时》

## “微语星芒”系列 《心若为城·寒星》

奈奈 著
NANA ZHU

### 精彩简介：

十八岁的宋筱唯在毕业旅行时遭遇事故，醒来时，庆幸地发现，自己默然喜欢着的季长宁安然无恙。九月，他们一起坐火车去远方，开始新鲜又刺激的大学生活。

筱唯以为那个充满无限可能的城市将是她和长宁爱情萌芽的地方，但她在那里遇见了冷静如隼的路知秋，所有的一切都开始朝着不可预知的方向发展。

每个人的心上都有一座城，在葬送一切的时间里，城门可能只为一个人打开。可是，那就像阳光不曾照过的地方，有一条寒夜的星河，在那条河里，流淌的是无力、苍白、颓败和绝望……

## “微语星芒”系列 《心若向阳·微芒》

希雅 著
XIYA ZHU

### 精彩简介：

我们画地为牢，只敢活在自己的小世界里。

多想抬起头时，窗外还是蝉鸣唧唧，春花还在盛放，白云悠闲慵懒，我是十七岁的沉默少女，而我的白衬衣少年，他就在身旁。

这一场献给青春的祭礼，化解了所有胆怯、懦弱、悲伤。

这一段重拾懵懂的时光，让我们所有的不堪一击无处遁形。

但是没关系，只要你牵着我的手，黑夜里就会有星光，像太阳一样，释放灼眼的微芒。

Hi

遇见幸运の少女日志

MEET THE LUCKY GIRL LOG

2014年

**3月18日** 雨，微风，有点冷

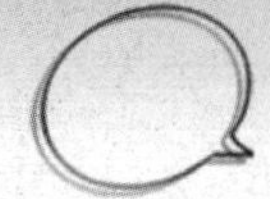

课间休息的时候，女生们讨论着转校生。虽然在我看来，这并不是什么了不起的事情，估计那些女生漫画看多了，觉得转校生一定会与自己发生一些浪漫的事。

尽管我非常不想知道，但因为那些女生一整天都在讨论那个转校生，我还是被迫记住了他的名字——夏树。

**3月29日** 晴，微风，暖暖的很舒服

教室前面那棵好大好老的樱花树开花了，阳光懒洋洋地从窗户照进来，晒在脸上很舒服。

下午第二节课是政治课，我最头疼的科目。

我用书撑着桌面，看着窗外的樱花，发现在花间粗粗的树干上，竟然有个人坐靠在上面。

那是个穿着白色校服衬衫的少年，修长的双腿，一条支在树干上，一条随意地垂着，樱花花瓣落了一片在他脸上。

啊，那是夏树同学，我知道他，那个引起全校女生关注的转校生。

上课时间爬到树上睡觉，夏树同学还真是奇怪。

**4月6日** 雨，大风，很潮湿

上地理课的时候，隔壁班教室传来一阵喧哗声。

是那个奇怪的转校生夏树又做了什么奇怪的事吧？

下课的时候，听班上女生说，那家伙竟然把流浪猫塞进衣服里，带到学校来上课，被老师发现了，就带着流浪猫跑掉了。

真是个奇怪的家伙，他不知道学校禁止带宠物来上课吗？

说起来，那家伙好像根本不害怕老师……

**9月1日** 多云，微风，很热

新学期开学了，今天的夏树同学也在任性地活着呢。

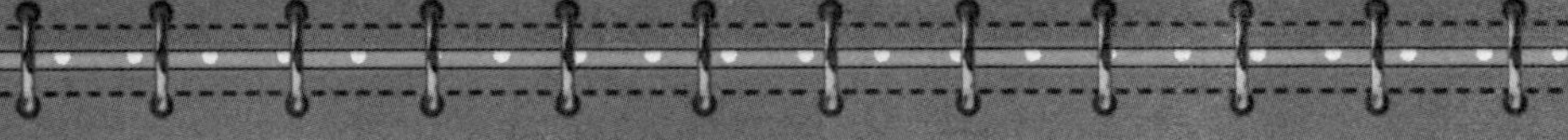

说起来，一个暑假没见到那家伙，他似乎长高了一点。

开学第一天，他竟然带了一盆仙人掌来上课。

为什么是仙人掌？仙人掌有什么特别的意义吗？搞不懂。

**12月28日** 阴，微风，很冷

今天的夏树同学也精神抖擞地发着疯……

## 2015年

**9月1日** 晴，大风，很热

升上高中啦，夏树同学竟然和我上了同一所高中，并且还在我隔壁班级。

邻班的夏树同学，会不会比初中时稍微收敛一点他奇怪的举动呢？毕竟是高中生了……咦，我为什么要关心这种问题？因为在学校里太过无聊，观察夏树同学的奇怪举动，已经成为我的日常生活了吗？呃，要是他变得正常了，我应该会有点小小的失落吧，毕竟那是唯一的乐趣了。

不过好在，今天的夏树同学，奇怪的举动还在继续。